U0081706

林加春／著

人物介紹

桂典志愛行俠仗義，家僮小六子看他像座山，粗壯黝黑，但他心細如髮又能臨機應變，一向就是急驚風、鬼點子。

石興言秀氣白淨，沒脾氣又心腸好，可惜思路不會轉彎，做什麼都只用「專一」心法，其實就是慢郎中、死心眼。

家僮小六子本性憨傻淳厚，被主人桂典志調教得機靈貼心，常能在鬼點子和死心眼間，做出畫龍點睛的驚人之舉。

目錄

性本善，善本性

鬼點子與死心眼

石興言和桂典志是一對好朋友，好到為對方兩肋插刀也不吭聲皺眉頭；好到一個要出恭，另一個就到處找茅坑；好到旁人說他倆是「人影」，啥意思呢？就是人跟影子，走到哪兒都在一起嘛。

這天，桂典志正在睡午覺，小六子叫嚷的跑來搖醒他：「大

爺，大爺，你快起來，救你那好朋友去。」

「我好朋友！」桂典志揉著眼睛坐起來：「老石怎麼啦？」

「他被人困住了。」小六子手裡拿過鞋子給桂典志穿上，嘴巴可沒閒著：「走不了啦。」

「老石被什麼困住了？」桂典志瞪大眼問。小六子猶豫著要不要伸手接住，萬一大爺的兩顆眼珠子掉出來，那可怎麼辦？

「啪！」頭上挨了一記栗子，把小六子嚇跳起來。「問你話還裝啞巴呀？」桂典志在罵他。

「喔，石大爺被圍在一個圓圈裡，不能出來。」

「天哪，莫非是九龍天尊的無敵天罡！」桂典志大驚失色，往外頭猛衝。

來到石興言家門外，果然看到石興言頹然站著，動也不動。

「喂，老石，發生什麼事？」桂典志停住身，邊打量邊問。

石興言慘澹一笑，不言不語，把個桂典志弄得心驚膽顫。糟了，無敵天罡是柔韌無比的氣罩，被罩住的人會慢慢窒息而死；若要硬闖，還會被氣罩反彈，震破全身血管。橫豎就是死路一條！這死心眼的老實人，怎會去惹上那個大魔頭呀！

桂典志伸出雙掌，小心試探一番。怪啦，沒有任何氣罡反應！

「喂，老石，是什麼把你困住了？」桂典志不敢大意，先問清楚究竟。

「大爺，就是地上那個圈嘛。」小六子趕來了，插嘴說道。

呀，可不是？地上用粉筆畫了一圈，正好把石興言圍住。到底怎麼回事？

「我跟賣菜的老蘇玩猜謎，我輸了，被罰站一柱香的時間。」石興言沮

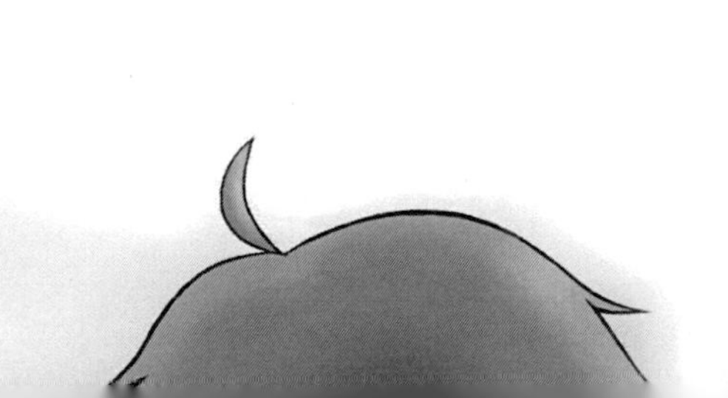

喪的說。

原來如此。桂典志拉著石興言就走：「小事一樁，何必那麼認真。」

石興言站得像個銅鑄鐵人，不動。「我答應了的事，自然要當真。」

桂典志搖搖頭，不知道老石他爹娘怎麼就給取了這個「死心眼」的名字，還真是人如其名哩。

「好吧，我就陪你站。」桂典志嘆口氣，又問：「一柱香嗎？你點香了沒？」

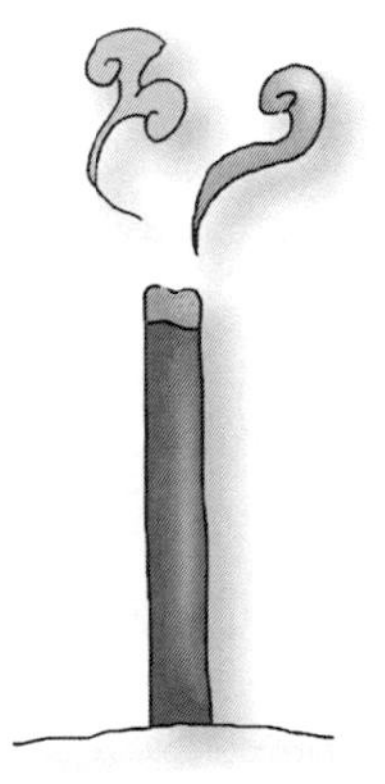

「嗯，那邊。」石興言伸手一指。桂典志看得心裡叫苦，天哪，還點的是廟裡燒的大柱香，等這柱香燒完，怕不要過一天了？

「哇，熱死我了。」桂典志站在那柱香旁邊，兩手大袖搧呀搧，嘴裡還不停吐氣。

石興言過意不去，叫他：「你不用陪我，反正就是站在這裡，沒事嘛。」

「沒事你不會去睡覺？站在這裡曬人肉乾呀？我不陪著你，等會兒你要有事了，誰給你跑腿？我還要幫你送飯送茶水咧，你站在這裡當大爺好了……」

喲，這個桂典志真不簡單，劈劈啪啪一口氣講上十來句，順溜得很，還對著那柱香邊搧風邊吹氣，八成是把它當作石興言看了。

「唉。」石興言嘆口氣：「你就對著我罵吧！」

「哼，還知道你該罵呀？跟老蘇猜什麼謎嘛，也不來找我，論猜謎我是第一高手，誰猜得贏我……」

這些話可不是對著石興言說的。桂典志揮動大袖，背對石興言，朝那杜香聒聒噪噪。小六子在心裡偷笑，大爺分明是要讓那杜香早點燒完嘛！

「小六子，過來幫我搧風，我熱死了。」桂典志眼尖，知道小六子看穿了，索性叫過來一起動手腳。

等到香燒完，石興言提腳跨出圈子後，還挺安慰的：

「一柱香時間也很快呀。」

鬼點子大爺碰上這死心眼先生，真是沒輒！

老ㄌㄠˇ實ㄕˊ人ㄖㄣˊ

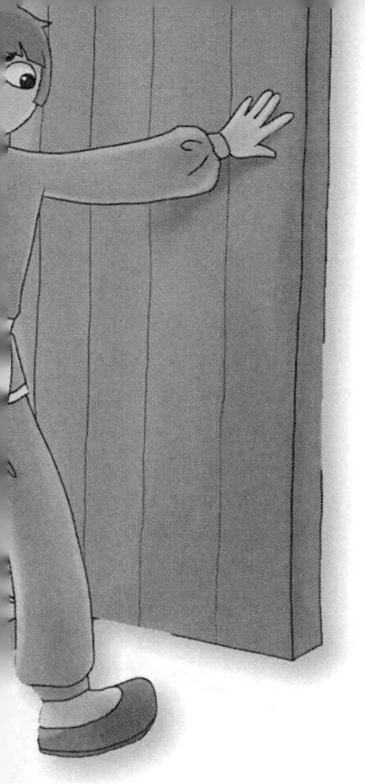

午飯時間到了，石興言還沒來，桂典志差小六子去請。沒多久，小六子跑回來，說石大爺正在罰站。桂典志放下飯菜趕去看。

「你猜謎猜輸了？」他問。

「不，我背書背錯了。」石興言像在招供：「街頭阿五說三字經很難背，我說一點也不難，阿五就叫我背一遍。」

「你背不出來？」桂典志不相信。

老石的娘打小就要他背這些東西，怎麼會背錯？難不成老石記憶力退步了？

「我背完了，一個字也不差，可是阿五說我背錯了，不是那種三字經……」石興言囁囁嚅嚅的。

桂典志聽得火大，街頭阿五居然耍弄這個老實人。「我找他算帳！」

「不可以，你不可以去。」石興言一板一眼的說：「我跟阿五講好，背錯就罰站，絕不賴皮也不反悔的。」

桂典志覺得好笑：「你站你的。是我要去找他，又沒叫你賴皮。」

「你去就等於我去，還不是一樣？」石興言這一句話讓桂典志

心念一動：「也對。既然這樣，我替你罰站吧，我站就等於你站嘛。」

「不行不行，是我自己不好，不能要你受罪。」石興言一連幾個「不」，把桂典志的火氣撩上來了：「哼，你聰明，你會說話，怎麼別人欺負你的時候不使出來呢？你知道罰站要受罪，那幹嘛要答應？」

一個人要是火大了，說話的聲音也會嚇死人，桂典志這時的雷公嗓，就把阿五嚇得腳發軟，癱在小六子身上走不動啦。

「大爺，我把阿五帶來了。」小六子喊。

「不干我的事啊！」阿五抱著頭，怕挨揍。

「噢，那干誰的事？」桂典志冷笑著問。

「是他自己搞錯了。」阿五指著石興言。

「我？」「嗯。人家現在流行說反話，倒說話，三字經我也會背，可是要倒著背，那就難了。我是這意思，他自己弄不清楚……」

「那也用不著罰站！」桂典志放下拳頭，還是氣。

「我哪敢哪！可是他死心眼，一定說背錯了就該罰站。」阿五定下神，站好身子，趕快把燙手山芋丟給桂典志：「大爺，您想想辦法勸勸他吧！」

唔，這樣啊。「有沒有說罰站多久？」「一頓飯的時間。」

桂典志眼角睨過去，那老實人站得筆挺，一副活該認錯的表情。

「什麼是站？」他問。

「兩隻腳著地。」「屁股不坐東西。」阿五和小六子一搭一唱。

桂典志走到石興言面前，故意問他：「什麼是罰站？」石興言無奈的回答：「就是不能坐不能躺，只能站。」

「你們聽到了沒？」

小六子和阿五終於看出桂典志在打什麼主意，很有默契的回答：「聽到了。」

「那，有沒有說罰站在哪裡？」桂典志又問。

「沒有。」阿五中氣十足，回答得既大聲又快樂。

桂典志滿意的點點頭，轉身抓起石興言的手：「既然這樣，咱們走吧。」

「咦，這怎麼可以？」石興言愣頭愣腦，惹得阿五哀哀叫：

「哎喲，拜託，您就走吧！」

小六子笑嘻嘻：「石大爺，您沒坐下也沒躺著，屁股又沒坐東西，這不就是罰站嗎？」

「走吧，死心眼。」桂典志的話說得石興言動了腳：「你只要心裡有個『罰』字，走到哪裡都一樣是受罰呀！」

看魚寫字

天底下有人這麼看魚的嗎？

小六子瞧這身影好半晌了，還特地走到那人左邊歪頭打量，又走到那人右邊定睛注視，那張臉始終板著，不理人，不開口，就只對著魚看。

一個人沒有表情站在水塘邊，他到底想做什麼？能弄明白的只有一個人。

小六子拔腿往家裡跑。「大爺，大爺！」他喊得桂典志都感到有問題。

「老石嗎？他怎麼了？」桂典志猜得精準，小六子就是要說這個。

「大爺，你那好朋友在水塘邊站一兩個時辰了。」

「在練功嗎？」「不像。」

咦，難道又是跟誰打賭輸了被罰呀？桂典志想不透，那個老實人幹嘛愛跟人家賭些奇怪事兒，這次會是誰要整老石呢？地方上誰不知道老石是我鬼點子的好哥兒們，欺負他就是欺負我，哼！

桂典志放下耍弄的大刀，匆匆出門。水塘邊直挺挺一條人影，遠看就覺到一股悶氣，真是有問題。

「喂，老石，你在等人嗎？」桂典志逗他。

搖搖頭，石興言勾直了眼，瞪著水塘。

「水裡有啥？那麼好看？」桂典志耐著性子逗石興言：「比我還好看？」

小六子認真瞧。大爺黑粗粗一個，壯得像座山，如果找些花朵插上去，山上有了花，應該就好看了吧！可是水裡風景也不賴，雲呀樹呀，晃來盪去，這，怎麼比呢？

等不到石興言開口，桂典志索性直接問：「這回你又是被誰罰了？」

「我娘。」

簡單兩個字，叫桂典志一時沒了主意，卻也好奇。老石乖孩子一個，石大娘總說這兒子不鬧事又肯做，讓人放心，怎麼捨得罰他呢？看那個老實人也不是傷心痛苦的表情，石大娘為啥發大脾氣呀？

「要站多久？」「不知道。」

桂典志眼珠一轉，下巴往家裡方向點點，小六子心領神會，扭身就跑。

「咱們去樹下站吧，我陪你。」桂典志拍拍石興言。

「樹下看不到，就是要在這兒站。」這話說得奇怪，桂典志順著就問：「哪會看不到？咱倆這麼大個人，老遠都瞧得見。」

「不是人！」石興言的話又短又硬，堵得桂典志想冒火。

「誰不是人？」

石興言傻個一名，不知道好朋友在動氣，還沒要沒緊的說：

「魚不是人。」

魚當然不是人，桂典志好氣又好笑。這傢伙心眼鎖死了嗎？呆頭呆腦的。

「魚……」剛要再說，靈光閃過，桂典志問：「你在看魚？石大娘罰你看魚？」

這水塘裡會有什麼好看的魚？桂典志瞪著銅鈴大眼往水中瞧，看得比石興言還認真。一隻、兩隻、三隻……黑忽忽的，游來游去，沒什麼特別呀。

「大爺，你也要寫書法嗎？」小六子的聲音把桂典志快要掉出來的眼珠子擠了回去。

跟寫書法什麼關係？桂典志點子再多也轉不過彎來。

「老太太要石少爺跟魚學學，寫字不要那麼呆板。」小六子嘆口氣：「想不到魚也會寫字，跟王秀才一樣！」

這又是誰說的？

石興言開口了：「我娘說，我寫字太板，轉折不夠好，叫我看魚怎麼游，看鳥怎麼飛，跟大自然學寫字。」

原來這麼回事。「那也沒說罰你站呀。」

桂典志打心裡佩服石大娘。老石果真這個缺點，端端正正一個人，字也是方方板板，有力、架構勻稱，就是沒變竅，工整有餘秀逸不足。石大娘厲害，知道兒子缺什麼，只不曉得這個石頭人看出心得沒有。

「你看大半天了，學起來沒？」桂典志沒猜錯，石興言把頭搖得像貨郎鼓：「我看魚在水裡游，沒看出牠們寫什麼字。」

哎喲，老兄，魚怎麼會寫字！

桂典志腦子千百轉，馬步一跨，雙掌拉開：「你且看我這鬼頭鬼腦刀法。」以掌代刀，劈、砍、破、削，居然凌厲無比。他壯如山，刀法辣狠疾，卻是行雲流水，靈巧神幻，難以捉摸。

一趟刀法走完，收掌挺身，桂典志問：「魚會耍大刀嗎？」

石興言搖頭。

「我這鬼頭鬼腦刀法正是跟魚學的。」

「誰？」石興言和小六子不約而同問。

「鬼頭刀，聽過吧。」桂典志勸石興言：「魚不會寫字。你只要看魚的姿態，學牠們輕輕扭擺，勁道用得自然，線條流暢些就行了。」

老實人還是不死心：「魚一定是在寫什麼字，只是我沒看懂。」

聽這話，他打算繼續看，繼續站哩。

「走吧。」桂典志的下一句總算把石興言的腳說動了：「碑帖要熟記在心！你把魚兒水中游的姿態記住，回去慢慢琢磨、消化吧。」

只不過，看石興言舉手在空中畫畫比比，又不時歪頭扭屁股、彎腰轉身，醉顛顛走成了個大醉俠模樣，讓小六子也懷疑啦：「說不定，魚真教了石少爺什麼絕招咧……」

蚊子大師

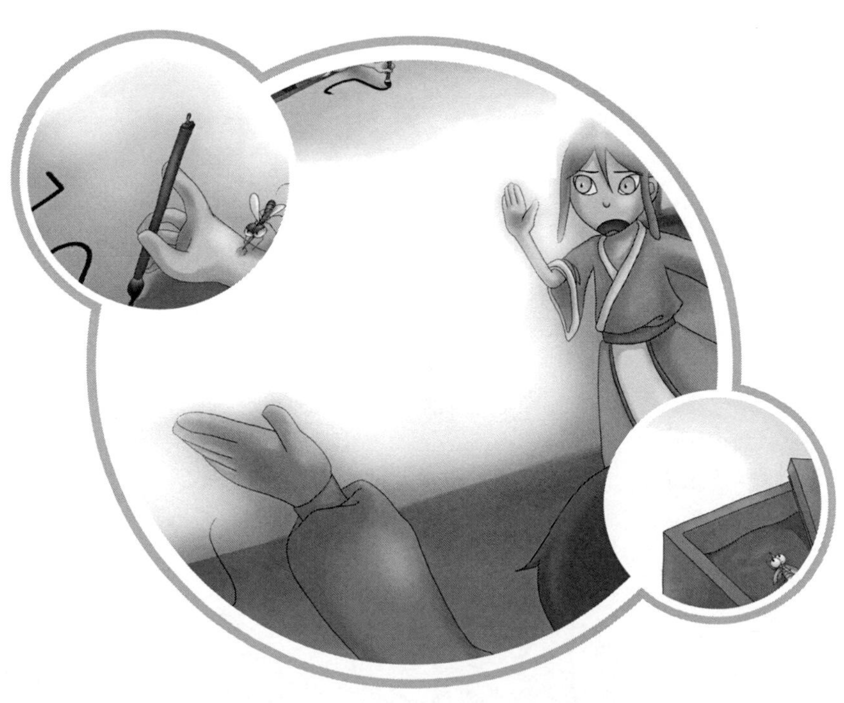

墨盒裡有一隻蚊子。

牠住在裡面喝墨汁、聞墨香，全身黑咚咚的。

平常時候這蚊子不理人，只有當毛筆伸進墨盒裡，牠才會出來跟寫字的人「嗡嗡嗡」打招呼。

會拿毛筆來這墨盒蘸墨寫字的，只有石興言。每天認真寫上好幾大張的字，石興言很專心，每一筆每一畫都力透紙背。

蚊子停在他頭上看字，石興言沒察覺。發現這人寫字沒趣

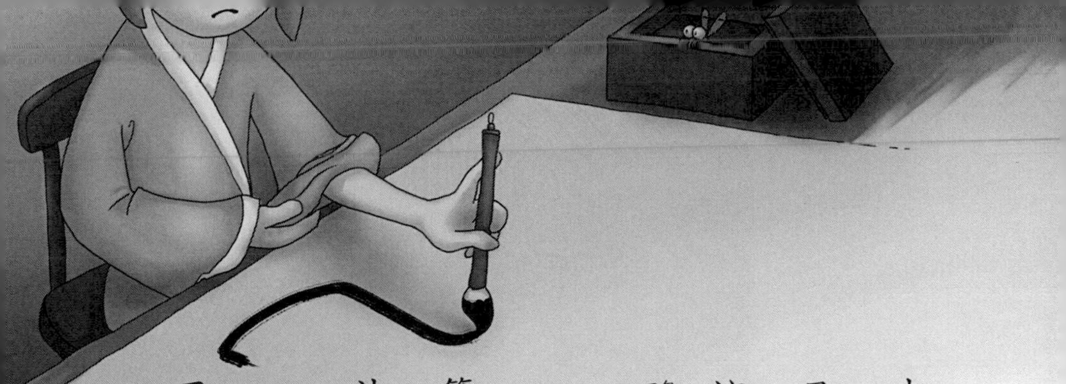

味，蚊子飛到筆桿頭，石興言眼光落在筆尖上，沒看到蚊子。哎呀！蚊子挑出毛病來：手腕硬梆梆，筆畫死板板，這筆，太重太黏了！牠飛到石興言手腕上，瞧準時間狠狠叮下。

哎呀，叮得實在痛！石興言手一軟筆一滑，正在寫的筆畫順勢轉彎拉出，紙上出現圓圓活活的「乙」字，輕靈神氣，比他先前寫過的幾百幾千個字都好！

蚊子飛到石興言肩上在他耳邊「嗡嗡」叫：怎麼樣？不錯吧！

兩眼發直盯著「乙」，石興言沒聽到蚊子的招呼，拿起筆來，又寫，他要再試試。

識字識墨的人，一定有學問。有學問的人遇見招呼卻不回答，八成是耳聾！蚊子也不嗡嗡了，飛落白紙，黑黑一個點停在筆尖，等著石興言給牠回應。

石興言還是沒看見！他想著剛剛那筆畫是如何軟軟滑出去，注意力全在手腕上，閉起眼睛，拿捏力道，用心寫了一個「乙」字。欸，好看！跟剛才那個字不相上下。石興言左瞧右瞧，眼裡只有墨色線條。「成了，就是這麼寫。」他跟自己說話。

蚊子很火大：「居然沒有把我放在眼裡！」讀書人怎麼可以無禮傲慢？該給他一點教訓！

飛進墨盒裡滾一圈，蚊子在白紙上演特技，飛飛停停留下一串墨漬，「乙」字多了頭，變成「乞」。

石興言雙眼大大直直瞪著蚊子。會寫字的蚊子？居然有會寫好字的蚊子！

「失禮，失禮。」石興言放下筆，恭恭敬敬給蚊子鞠躬作揖：「失敬失敬！」

被他的大禮嚇一跳，蚊子嗡嗡嗡連聲叫，

匆匆躲進墨盒裡。

「大師，大師。」石興言俯身朝墨盒喊。他烏溜溜的眼珠跟墨汁一般黑，蚊子正想飛進那發亮的黑光去，暗影突然罩落。

「老石，還在寫啊。」桂典志來了，也朝墨盒裡望。剛才聽到他喊「大師」，又對著墨盒說話，難不成這死心眼的老實人，真的把魚養在裡頭，學魚寫字？

墨汁裡沒有東西！桂典志鬆口氣，問石興言：「你喊誰大師？」眼光瞥到紙上的字，哎呀，好字，寫得有神！妙！

左一個好，右一個妙，桂典志抓著石興言肩頭：「恭喜啊，老石，進步神速！」

張開口傻笑呵呵，石興言不知道要回答哪句話才好。

指著「乞」字，桂典志豎起大拇指：「這個，讚！」

石興言搖搖手：「這個……這個……」結結巴巴說不下去。

怎麼了？「這個字不是你寫的嗎？」桂典志弄不懂他的意思。

點頭說「是」，卻又晃腦袋說「不是」，搞得桂典志啼笑皆非，換個句子問他：「你寫了什麼？」

「乙。」石興言還是簡單一個字，說完就閉嘴。

「乙」寫得很不錯，但上頭那一筆更神氣；遮去上頭只看乙，光彩頓時少一半。桂典志點點頭，好奇問：「那，上頭這筆誰寫的？」

「大師。」

咦！哪位大師這麼高明？

「蚊子！」

指著眼前嗡嗡飛的小黑點，石興言興奮的介紹。

桂典志皺起眉頭。老石怎麼顧左右而言他！再問一次：「老石，大師……」

話沒說完，蚊子在耳邊嗡嗡叫嚷，石興言指著他耳旁又說：

「蚊子。」

奇怪，這老實人今天淨跟我打哈哈！桂典志索性順著話捉弄石興言：「你拜蚊子為師啦？」

「蚊子是大師。」石興言答得一本正經，把桂典志的屁股嚇離開椅子。

「蚊子會寫字？」「會。」

他大聲問，石興言用力答。

「你看到啦？」「我看到了。」

他乜著眼問，石興言直著眼答。

「牠寫什麼？」桂典志很懷疑；拿出證據我才信。

「上頭這筆。」石興言手點到紙上；有字為憑，自己看。

飛進墨盒再出來，蚊子嗡嗡掠過桂典志眼前，大大方方在紙上起起落落，那個「乞」被幾點墨漬改成了「吃」。

「看到沒？蚊子寫字！」石興言很興奮：「這蚊子有學問！」

這算什麼寫字？不過是湊巧吧。桂典志搖搖頭正要開口勸，「大爺。」他家小六子來找人。

「呀，有蚊子。」小六子眼睛尖，手更快，巴掌一揮蚊子不見了。

「厲害！厲害！」桂典志說得小六子不好意思。打蚊子？誰都會呀。

石興言失魂落魄，連聲喊「大師！」「大師！」更讓小六子渾身不自在。

「石少爺，您弄錯了！」六子我小就是小，怎麼變大了呢？

強忍著笑，桂典志板起臉孔：「誰說你呀？老石在喊蚊子，還不快幫忙找。」

小六子恍然大悟，原來蚊子改名叫「大師」了。有學問的人總是這樣：看到什麼都要安個好聽的詞兒。

「牠被我打死了。」從地上捏起小黑蚊，就這時，又一隻蚊子嗡嗡飛。

「大師！」小六子衝口而出，叫得響又亮。顧不得石興言滿臉尷尬，桂典志也不勸他了，放聲狂笑：「哈哈哈，好多大師啊！」

看走眼了

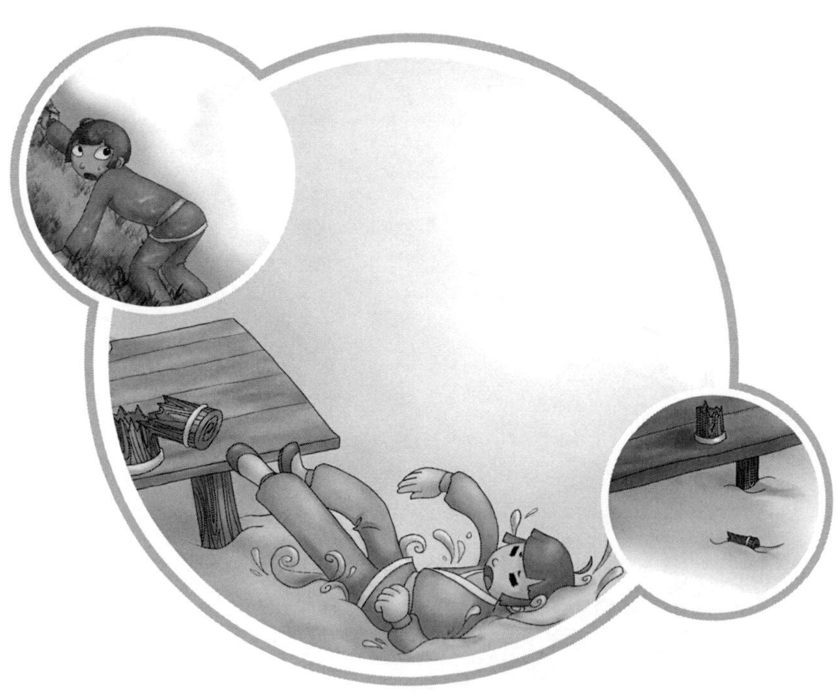

別看石興言白淨秀氣少言寡語，他其實也練武，跟桂典志是同個師父呢。

桂典志黑壯粗大、聲如洪鐘，點子多心眼活，卻從小和石興言就比自家兄弟還親。拜師學武，正是石興言非要桂典志一道入門不可，石老爺扭不過兒子的倔性子，只好央求師父一次收兩個徒弟。他們的師父，武功和學問一樣高深莫測。石老爺因緣際會得到這師父的信賴和感激，收徒弟的事就勉為其難的答應下來，但話說在先：只能稱他王秀才，不以師徒相認。

七八歲拜師，王秀才把石興言從頭到腳看了個透。石興言直直站著，沒感覺似的，不亂動也不說話。王秀才在他胸前背後繞一圈，最後站定看他眼睛，卻是清亮有神，端端正正看進王秀才眼底去。

「老爺，您要他學武是為什麼？」王秀才足足看半個時辰，才移開眼光問石老爺：「要他跟人打架嗎？」話裡有玩笑味，秀才卻板著臉。

「誤會，誤會。」石老爺忙作揖：「這孩子能保護自己不受傷就阿彌陀佛了，我不奢想他能行俠仗義、鋤奸去惡，更不是要他去逞凶鬥狠、恃強凌弱。」

王秀才點點頭，又來看桂典志。這孩子等好久，正望著他哩，笑嘻嘻把王秀才全身上下手腳五官打量一遍，眼光隨著王秀才身子移動。秀才故意

走到桂典志身後，桂典志不敢轉過身，卻拿眼角餘光側著臉左瞄右覷。秀才嘴角微微揚。

收了徒弟，王秀才在石家住下來。兩個孩子跟著他，每日清晨和傍晚學武，白天習字讀書，文武兼修。

說到學習武藝，初起兩人同樣站馬步，握拳蹲腿練基本功。到了十歲後，秀才教桂典志刀劍拳腳功夫多些，經常聽到桂典志「霍」「哈」「喝」叫叫嚷嚷，好不熱鬧。

至於石興言，秀才教他閉目調息，練丹田內勁，氣行周天，整日裡安安靜靜沒聲響。石老爺擔心兒子偷懶，幾次來看，見到兒子全身汗水淋漓，頂在頭上的紙片居然浮飄起來。

怪的是，桂典志的拳術刀路都沒固定招數。王秀才拿自己做靶，讓桂典志練打，今天學這一招，明天換那一套。桂典志天天都記新鮮事，久了後反應快心眼更活，不用教死招了，只要秀才出手他就能回應；腳步拐跨轉躍靈活迅速，不再打結絆跤了。甚至，秀才要他「耍一趟拳」，桂典志虎虎生風就拳打腳踢，自創新局，秀才從頭看到完竟也找不出破綻。

「成了。」秀才告訴桂典志，不用再來了，以後自己每天練習就行。「記得隨時創新。」

嗄，這樣行了嗎？「我學的是什麼門派？」桂典志問秀才。

「無門無派。」秀才哈哈笑：「你學的是『不一法』！」

聽說王秀才要離去，石老爺嚇一跳：「阿言也學成了嗎？」

從拜師到現在七八年了，石興言只練內功，每天不是站馬步就是盤腿坐，手腳修長不像桂典志結實粗壯，也不會什麼「迷蹤步、旋風腿、無影腳」，更不會「金剛拳、如來手、鐵砂掌」，連武器都沒摸過，刀鎗鞭劍沒有一樣能上手的。

「他學的是什麼？」石老爺和桂

典志都好奇，石興言自己也想知道哩。

「我教他『不二功』。」秀才正色叮囑石興言：「心法只有那幾個字，但要空虛專一，時刻複習，非必要不可出手。」儘管不懂，石老爺還是隆重謝過王秀才，相信兒子確實學了點自保的功夫。

讓石興言顯露真功夫的，居然是小六子。

這一天，桂典志邀石興言：「走吧，咱們去縣城走走。」河邊有渡船，小六子先往河邊，招呼對岸船夫過來載客人。

他喊完，站在繫繩索的木樁上想來個「金雞獨立」，卻不料木樁斷了，小六子撲通摔入河裡。

河邊水淺，淹不死人，一丈外的桂典志和石興言也不急，慢慢走來，等著小六子自己站起身。

可是小六子狗爬一陣，沒靠上岸反而漂更遠，人也沉沒不見，這麻煩了！

「小六子！小六子！」桂典志忙衝上前，兩三個起落飛步到河邊。「老石，快來幫忙。」嘴裡喊手沒閑著，起掌劈斷一根樹枝伸向河中。

回頭看，石興言站在那裡不動，伸著右手像在抓東西。

咳啊，這樣能救誰呀？沒空去喊他，桂典志先往河裡關心。

咦，小六子什麼時候出了水面？像隻被釣上鉤的魚，全身滴水往岸邊「游」過來。

扔了樹枝，桂典志雙手抓住小六子拉上岸。

「咳」「咳」，連嘔好幾口河水，小六子喘著氣，直愣愣看著石興言。桂典志也楞楞的看著小六子。

「你怎麼上來的？」等他氣息平復了，桂典志問。

伸手指著石興言，小六子一臉茫然：「石少爺喊一聲『起來』，我就被抓上來了。」

嗄！桂典志一聽，彈得比樹還高，把正走過來的石興言嚇退好幾步。

「老石，你會隔空救人！」

桂典志喊得很激動，卻羞得石興言面紅耳赤慚愧極了：「哪有啊！」

剛才情況不對，他心裡一著急，衝口就喊「起來」，下意識伸手去抓，等看到小六子被拉出水面，收了手，這才想到自己沒邁腳，隔那麼遠

根本啥也沒碰到！

人，「不是你救上岸的嗎？」石興言莫名奇妙。

「喂，剛才那位水性真好啊！」河中的船夫站在船頭，興匆匆喊。

什麼咧！小六子差點溺死，卻被看成在玩水；明明是石興言動手拉起小六子，卻說是桂典志救了人！大家都眼花了嗎？

木頭人新招

學的功夫沒有固定招式和路數，全靠現場臨機應變的桂典志，練就一身雜學。他看啥學啥，擷取精華自行組合編創，別人根本猜不出他的下一招會是伸腿收腳或是出拳回掌。

只不過，每一套功夫若要他從頭再來一遍，桂典志肯定搖頭。他自己也記不得那些不按牌理的身手：「這叫『不二』門派，沒有第二遍！」他笑嘻嘻說。

「你什麼都能學嗎？」有次石興言問他。

猴子、螳螂、貓、蛇、虎、鶴、蛤蟆這些動物，桂典志都學過，連水中的魚，都能讓他玩出一套「鬼頭刀法」來，難怪石興言這樣問。

桂典志在老實人面前並不誇耀：「我沒那麼厲害，至少，你的身手我就學不來。」

才奇怪，石興言有什麼身手？他不就那麼直直一個人垂手呆站著嗎？既不蹦跳奔跑也不甩手踢腿，學他有什麼難的？

「難！太難了！」桂典志嘆氣：「第一，要什麼也不想，我就沒辦法。第二，要什麼也不做，那我乾脆投降。」

這都很容易嘛，石興言知道桂典志是謙虛。他們倆一向形影不離，在外走動遇到麻煩都是桂典志出面打理，沒什麼事能難倒桂典志的，這才是真厲害。

桂典志話剛說完，石興言突然高舉雙手，大喊一聲「停！」，震得桂典志耳膜受不了。

兩人靈犀相通，桂典志警覺的轉過身。一看，傻了眼，竟然兩三人粗的大樹砸倒下來，卻停在他頭上一尺高處懸吊著。這樹倒得沒聲沒響，太可疑！又怎麼停在空中沒落下？

要他什麼都不做果然很難，桂典志起腳飛竄，很快四周圍查探

完，沒有發現。回頭來找石興言，哎，糟糕，老石還是剛才的姿勢，盯著大樹動也不動，嚇呆了嗎？

「你跟大樹瞪眼睛幹嘛？」桂典志伸手拉他：「還不跑，等……」手指沒碰到人，先被一陣痲給彈開，話也打斷。赫，敢情是老石運功行氣，隔空撐住那棵樹！難怪這樹詭異的僵掛在空中。

桂典志連聲「嘖嘖嘖」，真被這兩三百斤重砸到後腦殼，包準沒了命！「喂，老石，你果然會隔空發功，小六子是你救的沒錯。」桂典志忘情大喊。

石興言沒回應。他見到樹砸下來急著喊「停」，王秀才教他的武功心法應念而起，源源不絕的真氣從掌心發出，意念隨著眼光都投注在那棵樹，專心到腦袋空空，當真什麼也不想什麼也不做，就只耳朵裡迴盪著「停！」「停！」「停！」

心眼多的桂典志很快看出問題。唉呀，這傢伙能在電光石火間發出神功讓樹停在空中，卻不知道趕快把樹放開，白白耗費功力，真傷腦筋咧。

「喂，老石，你把它往旁邊移，慢慢放下。」他在石興言耳邊喊，比手畫腳給他看，好氣又好笑。

「喔！」石興言如夢初醒，眼睛看向旁邊，雙手一收，那棵大樹終於能夠平躺休息了。

「轟」出巨大的嘆息，地面震動，把桂典志搞得哭笑都不是：「欸，你倒放得乾脆。」這要是個人，被石興言內功打到又猛地放下，早碎啦！

不好意思的笑一笑，石興言訥訥說道：「放下是比舉著好。」是嗎？「我以為你喜歡扛大杉哩。」桂典志逗他。

走近看，那棵大樹枝葉稀疏，直溜光滑的樹幹斷面平整，竟是被刀鋸利刃截切過。

桂典志皺起眉頭。

普通人砍樹用斧頭，但這分明是兵器造成，剛才那意外是被人安排的！可是周圍查探都沒有可疑人物，下手的人是用什麼手法呢？

「這樹擋路，把它移開吧。」石興言提腳要去推，桂典志忙拉住他：「別碰，有蹊蹺！」

「哼！」陰森冷笑跟著硬梆梆的話響在他們背後：「臭小子，

算你們走運，沒砸死你也沒毒死你！」

他們倆嚇一跳，毒！這樹有毒？

「沒錯，摸到樹就打噴嚏、流鼻涕、腹瀉拉不停。」會做這種事的人一定很糟糕！轉身見到人，桂典志衝口就嘆氣：「唉，果然沒水準。」

大白天穿著一身黑衣黑褲黑鞋，還黑布罩蒙面，是怕人看到還是怕人家沒看到呀？

石興言也搖頭。這人不但外表黑，心也黑，「好黑！」「好黑」，石興言的兩個字讓黑衣人全身一震，馬上拔刀砍過來：「臭小子瞧不起人，饒不得！」刀身嗡嗡響，起手就佈滿殺氣。

「老石快閃！」桂典志腳步挪移，拉著石興言退開三尺遠。「你要不要打他？」桂典志問得石興言很慚愧：「打人我不會！」

「好，我來對付他。」桂典志手無寸鐵，匆忙間往路邊抓起兩塊大石頭就上陣。

黑衣人刀法威猛攻勢凌厲，桂典志手忙腳亂只能挨打。「嗆」，火花飛濺，黑衣人的刀削掉石頭一角，桂典志差點被刀劈了。

「啊呀！」石興言看得心驚肉跳：「阿志，你行不行啊？」

這還用問！事實擺在眼前，就是不行嘛。

「唰」，黑衣人把桂典志逼到大樹邊，施展致命一招：「霹靂罩頂！」大刀雷霆萬鈞當頭劈下。桂典志實在沒法可想，兩腳收併直挺挺立著，抓住石頭高舉雙手，「停！」他喊得大聲，但黑衣人不理他：「投降也沒用。」

「鏗」，刀

子被石頭架住，黑衣人磔磔冷笑：「納命來！」

「早呢。」桂典志收手閃身，黑衣人沒笑完，刀下空了，身子煞不住，「砰！」重重趴下，被桂典志立刻補上一腳踢去撞樹，刀子落地，比試結束了。

石興言張口結舌眼皮都忘了眨。怎麼回事，明明阿志舉手喊停要投降，又突然收手、閃人、踢腳，黑衣人就倒了。石興言問：「這是什麼招數？」

黑衣人倒在地上「哈啾哈啾」，鼻涕擤不完，一邊抱著肚子也掙扎著問：「這是什麼招數？」

「木頭人。」

桂典志呼口氣，整整衣服後對石興言擠眉弄眼：「放下是比舉著好！」

就ㄐㄧㄡˋ要ㄧㄠˋ在ㄗㄞˋ這ㄓㄜˋ裡ㄌㄧˇ

「小六子」，桂典志邁步之前吩咐他家僮僕：「你去濟公廟等石少爺，幫我陪著老石，別讓他吃虧受騙。」

伶俐勤快的小六子應聲「好」，跟在桂典志後頭也出了門。

平常形影不離的好朋友桂典志和石興言，這回分頭行事。石興言早一天出門去看了遠房親戚，桂典志要去收田租，講好天黑前兩人在濟公廟碰面。

此刻，桂典志往濟公廟飛步趕。他中午在佃戶家意外擔擱了些時辰，等收完田租，西天紅紅太陽都要下班退朝啦。幸好小六子清早就到濟公廟，石興言該見到小六子了。

小六子跟老石很熟，只是老石人太老實，腦筋不會轉彎，經常弄得小六子沒輒。桂典志掏掏耳朵，嗯，好像聽見小六子嘰哩呱啦。是沒錯。

「大爺，您在哪兒呀？」站在廟前廣場，小六子踮腳張望，巴不得心裡的聲音跟著眼睛飛出去，把桂典志找出來。

「濟公佛，您行行好，把我家大爺變出來，小六子給您磕頭。」急匆匆走入大殿，

往地上一跪，小六子朝濟公神像又是拜又是唸，末了還咚咚咚磕響頭。

站起身回頭瞧，殿外一條人影站得直挺挺，石家少爺立在大香爐前，向著大殿動也不動。小六子抓頭撓腮搓手跺腳，不知該怎麼辦，有誰能幫忙勸啊？

濟公廟香客多，拜了天公再拜濟公，人人一把香，都往香爐插；人人一雙眼，都往石興言看。奇怪呀，這個書生，派頭真大，人家舉香拜，他也不讓一讓、閃一閃，倒好像眾人是在拜他，求他保佑！

跑到石興言身邊，小六子又來勸：「石少爺，您先到那邊廂房坐坐，我端茶給您喝吧。」哎，小六子記得清楚，這已經是第六十六次勸駕了。

「你去忙你的事，我就在這裡等。」石興言沒轉頭、沒抬手，輕聲輕氣說，半步也沒動。

唉唷，這可怎麼好？小六子撫著額頭傷

腦筋。陪石興言站了一會兒，小六子又到廣場來探。濟公廟人進人出，就是見不到黑壯如山、方頭大臉的桂典志。

小六子轉來轉去，心裡哀哀叫：大爺，你再不來，小六子真的會急死噢！石少爺等著你不肯動哩。

有人走過身邊，問他：「喂，你家主人怎麼了？」「不會是個呆子吧？」

小六子伶牙俐齒回人家：「那是石家少爺。」「他在練功啦。」別瞧不起唷，石少爺會寫字、有學問、磨功超厲害。

說歸說，小六子還是走來勸：「石少爺，您在這裡吸飽一肚子煙氣，作仙沒問題，可是讓這些大娘大爺舉香朝您拜，會折壽哩。」實在想不到好詞句，心直口快的小六子把心裡話說了。

喔，石興言恍然大悟，趕忙鞠躬合掌，對香爐前的人拜回去，看傻一堆好奇打量的香客。

小六子沒料到會這樣，急得伸手拉住石興言：「石少爺，您把香爐還給濟公佛吧，這裡很夠大，站到廊柱邊也還是在這裡等，一樣都是在這裡……」

真奇怪，這次石興言居然聽他的話，「好！」轉身走到大紅圓柱旁站定，清亮大眼看著小六子：「你去忙你的事，我就在這裡等。」

謝天謝地，小六子喜出望外，朝石興言合掌就拜，謝謝，謝謝，太感謝啦！

「小六子」，石興言的聲音被蓋過去，「你做什麼？」桂典志大臉冒出來，銅鈴眼瞪著：「你拜老石做什麼？」

喔，大爺您總算來啦！

「石少爺挑在香爐前練功，還讓大家拿香拜咧。」小

六子口沒遮攔：「萬一香爐也發功就慘了。」

「我只是站著，沒練功。」石興言笑起來，小六子弄錯了。

「那幹嘛跟濟公佛搶香客呢？選在香爐前杵著！」桂典志也好奇。

「我照王秀才的話做。」

王秀才的話？

小六子摸摸腦袋：「稍早在香爐前遇到王秀才，他叫我們在這裡等大爺……可是，您怎麼就不肯去廟裡廂房或茶座那邊等呢？」

「咦，王秀才不就說『在這裡等』嗎？」石興言理直氣壯：

「當然不去『那裡』！」

桂典志忍著笑，大眼掃過小六子，他正在吐舌頭。「這裡」「那裡」分得這麼講究，石少爺學問真大！

少爺吹牛

草坡上，石興言遇到一個放牛的老漢，央求石興言幫忙看牛，「不會有事的，我拿把柴刀就來。」邊走邊說，很快走得不見人。

牛乖乖吃草，鼻環拖著繩子，偶爾甩起尾巴。石興言盯著牛細細瞧。嗯，牛背上有群虻，牛尾巴不夠長，打不到牠們。

「被咬到一定很癢！」石興言張口吹氣，「呼！」要趕虻蚊。

虻蚊「嗚嗚」「嗡嗡」，被強勁氣道

推開後又結群成團來鬧。牛尾巴左甩右甩，忙到沒法安心吃草。

「哞——」牛邊甩尾巴邊跨步，向前走。

受人之託，忠人之事，石興言跟著牛走，怕牛跑了。

牛走上草坡低頭吃草，偶爾看看石興言，怕他又跟一堆蚊蠅結冤仇，倒楣的總還是牛！

眼睛視線對上後，石興言很高興：牛眼看我，不知道要說什麼事？

從牛屁股後走到牛鼻子前，石興言蹲下來看牛眼睛。

牛眨眨眼掉轉頭走開去。「哞——」這個人真礙事，一叢青草被他踩在腳底下，白白糟蹋了！

石興言讀出牛眼睛裡有哀怨，忙出聲招呼：「欸，欸，牛，牛……」

牛甩甩尾巴沒停步，只管找青草低頭啃。理一個不懂牛的人做什麼！

人話說不通，該用牛語才對。石興言學牛叫：「某——」「某——」又來看牛眼，這回牛垂下眼皮，不跟他對眼瞧。

石興言趴低了身子，側臉往上去找牛視線。那樣子像學牛吃

草，可惜牛目中無人，石興言只見到牛的右眼皮有片白斑。

慢條斯理嚼磨一陣，牛再起步走。先用右眼瞄瞄石興言，轉過去，左眼又瞅瞅石興言，「哞——」走了吧，該去涼快涼快。

咦，剛才這兩眼是什麼意思呢？石興言細細琢磨著，等發現牛下了草坡，趕忙喊：「欸，欸，牛，牛……」牛兄哥亂亂走，放著一坡青草不吃，現在是要去哪兒？

泥塘裡，牛在泡澡，閑閑看風景。匆匆跑來的石興言正好跟牛臉對臉，他衝著牛叫：「某——」「某——」，牛兄哥，你到底要說什麼？

泡澡很舒服，泥塘裡五頭牛一起「哞——」「哞——」叫。

嘩，石興言笑開來：五頭牛都出聲，牛兄哥看得起我，該不會是招呼我也下去淌渾水吧。

蹲在泥塘邊，石興言改看牛泡水。五頭牛五個姿勢五個面向，長長牛角稍稍傾攲，拉出一道圓弧巧巧彎轉後，收在尖尖一點上，流暢、有力、漂亮！咳，這可是王書聖寫蘭亭序的撇法呀！

正看得過癮，白髮老漢提了柴刀來，「奧

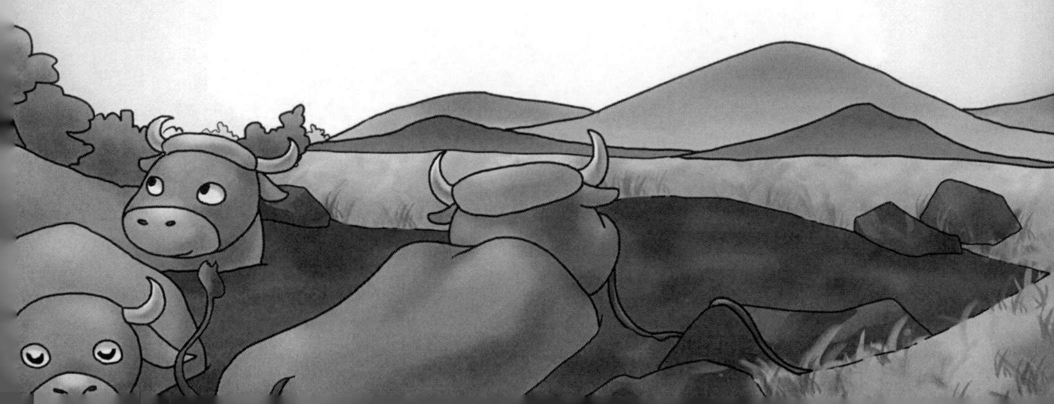

——」「奧——」聲聲叫。牛兄哥直起前腳，後腿一蹬站起來，尾巴甩甩，慢吞吞一隻接著一隻搖屁股走出泥塘。有一隻牛還是窩在池中央。老漢碎碎唸：「三八牛，使性子……」邊招手喊：「出來啦，做工啦……」邊踩進泥池去拉牛繩。

牛昂起頭，牛繩在水面上繃得緊緊。

「起來啦……」老漢用力拉，水裡的牛坐如山，不動。用力再拉，牛撇過頭，把老漢拖向前。咦，牛跟主人玩拔河，老漢站在岸上沒進展，旁邊四頭牛「哞

——」「哞——」喊加油，不曉得是幫哪一邊。

同情牛兄哥，又可憐老人家，石興言彎膝撮嘴，朝池塘裡牛屁股吹氣。可惜方向偏了，吹出的氣打著牛角尖，硬把牛頭吹歪一邊，老漢也跟著腳步踉蹌。

唉！老漢心裡叫苦：這少爺，不幫忙拉繩牽牛，也不幫著吆喝牛，只會在那一頭吹氣鼓風！

調整姿勢後，石興言再吹氣，這回卻打著了泥塘水，「蓬」，一大片水花噴得老漢滿身泥點。

「牛若吹得動，我輸你！」老人家跟牛比力氣，也跟石興言賭氣。

「我不信吹不動！」石興言深呼吸，凝神注目，鼓起腮幫子「呼——」，一股勁道徐緩緩把牛往前推。

「哞——」牛悶悶叫一聲。強風硬是抬起牛身、讓牛撐直了腿，邁兩步頓一步，心不甘情不願走出泥塘。

老漢趕緊收繩子。「吹牛的少爺，感謝啦。」這麼大年紀還沒看過吹氣趕牛的方法，他喊得很興奮。

石興言繼續大風吹，連著三口氣終於把牛推上岸。老人家高興了牛卻不痛快，「哞——」，牛肚脹脹悶悶，不客氣的痾出一坨坨牛屎團，討厭的人，往我屁眼灌氣做什麼！

啊，看著地上牛屎畫出「……」，石興言嚇一跳，牛兄哥有多少一言難盡的話喲？

「哞——」「哞——」牛慢吞吞踱步，甩甩尾巴又回頭瞪，無聊的人，不懂牛又何必管牛事！欸，吹牛，麻煩咧。

這幅畫，少了一味

在草坡泥池看了牛兄哥洗澡後，石興言回到家，立刻鑽進書房提筆作畫。腦袋裡的牛爭著要跑到紙上來露臉，他毫不費神就完成一幅畫。

作畫像練功，收尾同樣重要。聚氣凝神緩緩洩勁，等筆放好離了手，石興言吁口氣後才露出笑容。從沒畫得這般得心應手過，而且一氣呵成！

越看越滿意，石興言興匆匆出門，去請好朋友來幫忙題款。

書房裡，桂典志看著畫，「嘖嘖嘖」連聲稱讚。老石這幾頭牛

畫得真好！有神、夠力道，牛背骨飽滿帶勁，牛角彷彿就要點出一圈漣漪了；右下半三頭牛把空間佔據了，幸好各有姿態，臥的站的做出變化；圖的左上是遠處另兩頭牛，如水中浮木，襯著三隻鷺鷥點水振翅，很有動感。

「好！」桂典志瞄第一眼就喝采。仔細欣賞完，他大聲嚷：「真好！」意猶未盡再看一遍，桂典志朝石興言豎大拇指喊：「真是好！」

「老石，你這是神

來之筆。」桂典志笑哈哈，難得老實人下筆靈動，完全擺脫平日死板拘謹的個性。

神筆倒沒有，不過，跟牛說話看牛玩水後才畫得出來，石興言覺得該說是「牛筆」。

別人吹牛吹到爆，老實人吹牛卻能吹出好畫，這更厲害，

「你最好多吹幾次牛！」桂典志說著又來端詳畫，這要題什麼才適配呢？

「牛浴泥塘」，石興言很快接口，等著桂典志動手寫上去：

「你來寫。」

「我寫？」

天不怕地不怕，藝高膽大，隨時出新招的桂典志，寫起字來同樣天馬行空，靈活多變，可媚可威、可柔可剛、可收可放，卻就是沒有一個體！

「我想……」桂典志搔搔頭：「你把畫帶著，咱們請王秀才題款。」面對世界名畫，

一向勇往直前的「鬼點子」也不敢出手，怕弄渾了畫裡的氣。

就這樣，石興言和桂典志來到濟公廟，見著王秀才。

雖然不稱師父，他倆喊「王秀才」時都打心裡恭敬歡喜。亦師亦父的王秀才，教了他們學問和功夫，看他們從七八歲孩童長到如今的少年郎，每次見面都覺得親切無比。

闖蕩大江南北，重新看山還是山，看水還是水，王秀才心識通透，這會兒三個人在房裡聊天，他突然伸手向石興言要東西：「你的畫呢？」

咦，王秀才怎麼知道我有畫？石興言很納悶，慢吞吞拿出那卷畫紙。桂典志搶著作註解：「那是他吹牛吹出來的。」

順著桂典志的話，王秀才告訴石興言：「濟公佛說你的畫很重要，叫我一定得看看。」

秀才說話像吹牛，卻也沒說錯，石興言把畫卷插在衣服裡，走到哪兒都揣著，不重要才怪。

桌上畫卷攤開，王秀才眨眨眼、挺挺腰，抱著胳臂看畫。

佈局構圖無懈可擊，神韻天成、動靜兼具，線條簡潔筆觸靈活，的確畫得好。若真要挑毛病，那就是：「看不到人。」王秀才說。

沒有把人畫進去，應該不會影響畫的表現吧？桂典志和石興言交換眼裡的問號。

「看不到人，所以，牛也不見了。」王秀才又說。

怎麼會？石興言、桂典志同時往紙上看。一、二、三、四、五，明明五頭牛都在那畫裡啊。

「我是說，牛不夠牛。」看他們不懂，王秀才補上一句。

「牛不夠牛」是什麼意思？石興言以為秀才嫌五頭牛太少，桂典志懷疑秀才是嫌牛太乾淨、不夠髒。

王秀才搖頭：「這幅畫，少了一味。」畫幾隻牛都無所謂，能把牛性子表現出來才是重點；牛乾不乾淨無關緊要，畫面不能髒，但加入牛味才完美。

聽不懂就是聽不懂，石興言瞪著畫上的牛一隻一隻看。「牛的性子」應該要怎麼畫呢？鼻子湊近畫紙，只聞到墨香味，「牛味」要怎樣加入畫裡？

桂典志也聽不懂，但他不研究畫，轉來看秀才。通常，王秀才有話直說，好或不好沒得商量，現在聽起來似乎另有意思。

小六子倒是聽懂了。

他進房來請大爺們用餐，正好聽見王秀才的話尾，立刻眉開眼笑。嘿，王秀才一定是好鼻師，館子離房間有段路，居然也能聞到牛味。

「有有有」，小六子笑容可掬說：「我已經在館子裡訂了牛排、牛肉飯、牛肉麵、牛肉包子、牛肉餃子、牛雜湯，保證有牛味，很多很多牛味。」話接得很順溜，桂典志大眼一翻，好氣又好笑，剛才想到的丁

點頭緒立刻亂了。

「沒錯」，王秀才第一個摸肚皮，是餓了，「走吧走吧，去吃飯。」

秀才開口喊餓，桂典志趕忙要小六子帶路往館子走。一路上，石興言還在想：牛味，可以把牛肉湯加入墨汁畫出來嗎？

夸父腿鬥擒風腳

黝黑粗壯的桂典志，偕同白皙秀氣的石興言，大太陽下匆匆趕路。他們要在天黑前到秋水樓見張師傅，為王秀才送個口信。

石興言板起臉，睬著眼睛走路；桂典志哼小曲兒，悠哉悠哉。這兩個人，心情大不同。

老實人平日話不多，今天更是嘴巴打烊，沒半句一字出得來。桂典志由著他。好朋友做久了，曉得脾氣，該疏通時才逗逗他，現在嘛，還沒到時候。

大步走，出了街頭，邁過渡口，彎進三家小店旁的青石弄。帶

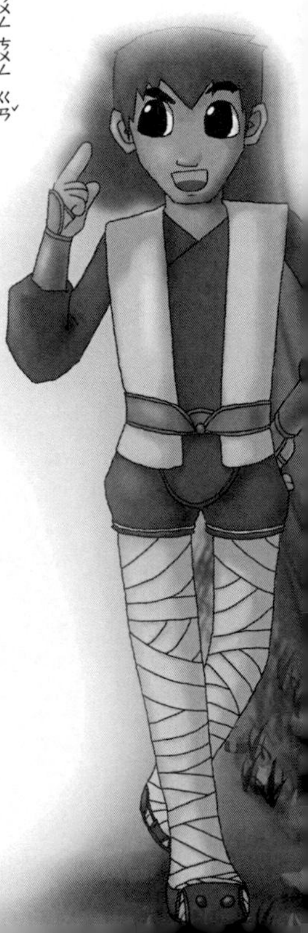

路的桂典志哼哼哈哈看風景，轉頭瞄過石興言，有一點綠從桂典志眼角飄出去。

腳步依舊，曲兒照哼，桂典志腦子千迴百轉，後頭跟著一個人，是要揪住呢？還是甩掉好？

青石弄折折繞繞，石興言覺得眼花，怎麼老在這裡兜圈子？

「老石你先走，咱們縣城外相見。」

咦，「為什麼？」石興言停下腳步。

「你別回頭，只管放開腳步專心走路，甭跌跤。」桂典志先提醒過才告訴他：被跟蹤

了，「我去查一查。」想一想，阿志功夫了得腦筋又好，沒啥要擔心的，石興言繼續趕路。桂典志藏起身，等綠衣人經過後才遠遠盯梢。

太陽毒辣，曬得人皮翻紅發燙又沒處躲，跟蹤的綠衣漢子摘下斗笠，邊跑邊搧涼，跑得很快卻始終追不上前面人影，眼看那背影漸漸縮成蠟燭般細小，綠衣漢子摔了斗笠，加快步伐跑得「劈劈啪啪」，像馬蹄「的的踏踏」。

悠哉聽著馬蹄踏，桂典志笑嘻嘻，綠衣漢肯定會跟丟，在岔路上猶豫著。果然接近大城的三岔路口上見到那傢伙，東張西望不知要往哪邊走。

桂典志趕兩步上前，堆起笑臉，伸手搭上綠衣漢的肩。

「大哥，什麼事情走這麼快？我都追不上。」桂典志問得那人嚇掉魂。

「沒，沒，我，我，喜歡跑步……」那人退兩步，向後轉：

「我回去了。」立刻開腳奔跑。

「等一下！」桂典志機警留人卻慢了一步，綠衣漢已經跑出好遠，那身腳比起剛才的馬蹄踏高明好幾倍！

清楚看見綠衣漢眼裡嘲弄和嘴角笑意，桂典志硬是煞住衝勁，不敢再追去。人家是刻意露破綻，要把我和老石分開來；這個人不對付我，也不真心追老石，只擋在我們中間拖延，八成是留時間給同夥動手，老石才是目標！

風火輪在心裡轉，桂典志加緊趕路。

發現桂典志沒上當，綠衣漢回頭來追：「大哥，咱們聊聊天吧，何必急著走……」

綠衣漢嘻皮笑臉擋在路中央，搭肩的手被桂典志拂下也不在意，打躬作揖就是

不讓開。

左閃右鑽都沒能脫身，桂典志看出這人腳法古怪，應該設法學他幾步！

「你是什麼來頭？」桂典志邊打哈哈邊繞著綠衣漢，忽近忽遠，拐他多露點功夫。

「小弟秦日，人稱擒風腳。」綠衣漢得意洋洋，存心顯威風，趁桂典志欺近前來，右腳尖一點一挫，人就騰身扭腰飛出去。桂典志以為他要從背後偷襲，忙轉過臉，咦，居然空空如也，人還是在原地。

「佩服！佩服！」桂典志大大用力的稱讚：「輕！巧！快！當真神仙難比。」嘴巴動，腳沒停，又再貼靠上來，卻刻意換方向，試探秦日的腳路。

哼，闖江湖哪能只有一招半式！秦日冷笑一聲，等著桂典志來到鼻尖，左腳伸出，身子後仰旋一圈，不慌不忙躲過了，仍舊來到桂典志身前一丈處。

「這招漂亮！」喝采完，桂典志腳下亂踩，七顛八醉的拼命伸手要抓秦日：「你為什麼攔著我？」

「你可愛。」秦日說話跟腳法一樣油滑，桂典志聽得差點要吐。

瞪起牛眼，捏住右拳，桂典志笑出天上太陽的熱情：「這答案真好，你比我更可愛。」手一揮，又喊：「看賞！」

嗄！張開的大口來不及閉合，秦日連著「嘔嘔嘔」吐幾口，有東西從他嘴裡掉出來。「你給我吃什麼？」他氣急敗壞要揍人。

「沒有。」桂典志舉起左手，五指張開，是空的。

「那隻手咧？」秦日怒聲怪叫：「你捏的是什麼？」

舉起右拳，桂典志還是回他：「沒有」，卻不張開拳。

怒不可遏，秦日起腳伸手便抓過來，桂典志早有準備，跑給他追。

「風都跑不過我，何況是你這無名小卒。」

「不見得。」

果真桂典志跑得快，令秦日大感意外，這無名小卒腳底下有功夫，而且跟自己步數同一個樣。

「等……」他還沒喊完，桂典志猛地掉頭給他來個熊抱，結結實實兩條鐵臂，夾得秦日肋骨酸麻、腿軟無力，坐在地上起不來。

「你也會我的擒風腳？」

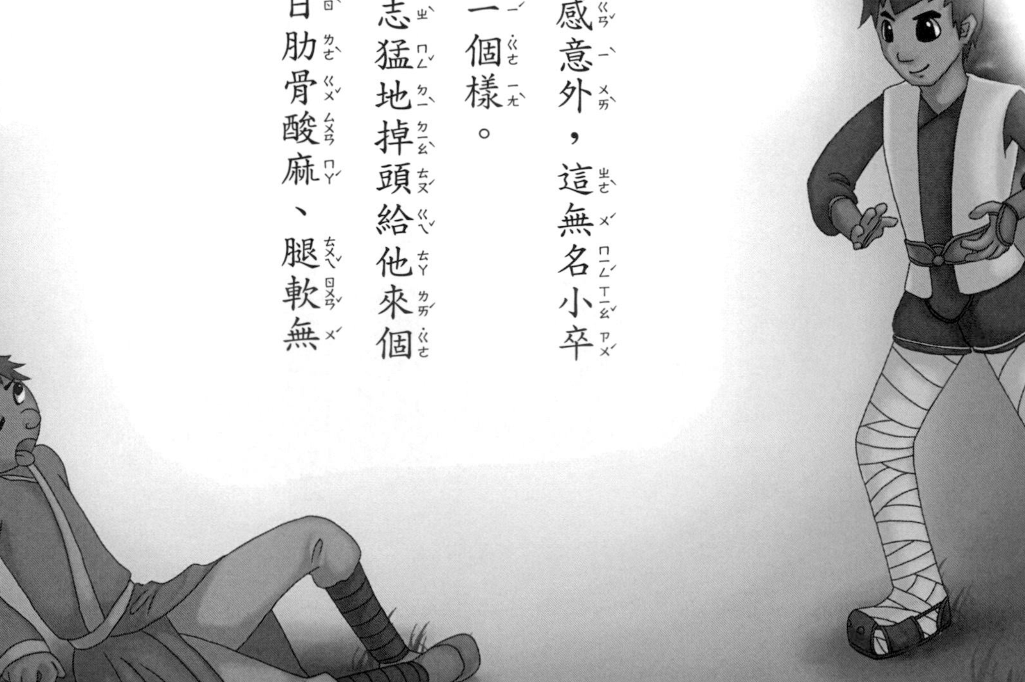

「錯，我這是『夸父腿』，追日用的。」桂典志向來招無定式，怎麼耍都很唬人，連招式名稱也不饒人。

「你把我怎樣了？」秦日嚇得大叫。

「放心，只是點了你的奔跑穴，好叫你跑不動，別再攔著我。」

胡說八道，哪有什麼奔跑穴！「你騙人！」

「跟你學的。」桂典志老實回答：「我現學現用。」

「你到底給我吃了什麼？」

「空氣。」桂典志雙手一攤：「我只是做樣子，你就真的吐一堆口水。」

「被騙了……」看桂典志遠去的身影，秦日懊惱的還有「夸父腿」，這名號多響亮！「擒風腳」算什麼？

陰天打陀螺

和好朋友約在縣城外會合，獨自來到城門外，石興言看著一棵樹發呆。

先前擦肩而過聽到人家議論：這裡有棵柳樹中了邪！石興言好奇也來瞧。柳樹很常見，可是柳條柳葉不會動，這真奇怪。他吹氣試過，能吹抬一頭牛的勁道，竟然搖動不了柔嫩的柳葉兒！

「老兄，小弟沒騙你吧。」樹後頭走出一個中年人，堆滿笑容親熱招呼他。

石興言皺眉頭。奇怪的不只是柳樹，這個人年紀比我大許多，卻「老兄」「小弟」喊得很虛假；初次見面，他說得卻像跟我交談過；這個人，有問題！

才起疑，中年人已經靠近來搭訕：「老兄，小弟另有發現，要請老兄幫忙鑑定。」他動口又動手，抱住石興言胳膊拍拍按按。

討厭！意動氣隨，石興言轉過身，自顧要進城：「我沒興趣。」

「沒興趣也沒關係，還請老兄走一趟。」中年人仍

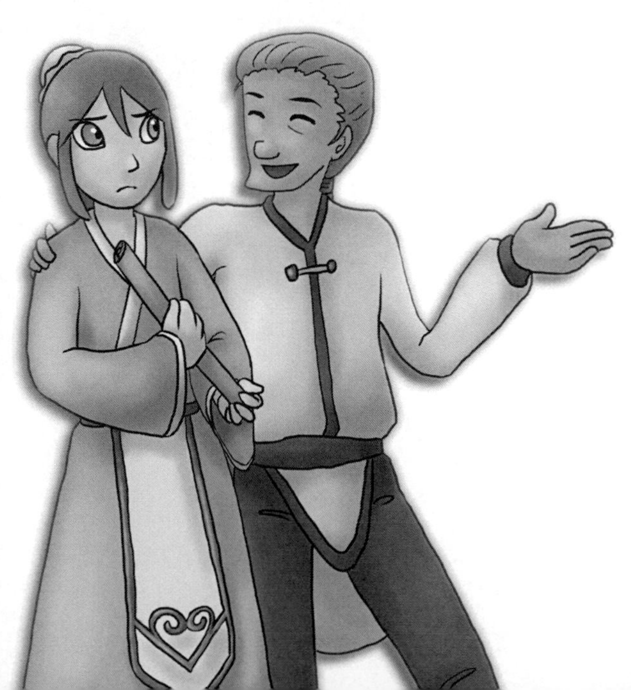

是笑嘻嘻，手腳並用，擋住去路，同時抓著石興言肩膀。

勾纏不休讓老實人也覺得煩，乾脆定下身子，不走了。甩開肩膀那隻手，他大聲說：「我哪兒都不去。」

碰了釘子，中年人哈哈哈陪著笑：「老兄是高人，小弟不才，想請老兄賞臉，多多牽成。」

酸溜溜、文謅謅又假惺惺，石興言越聽越噁，直接說：「我聽不懂。」

盯著石興言看好一會兒，中年人臉上陰晴不定。臭小子不知好歹，真欠揍！可是接連兩次輕易掙脫陰爪神扣，這小子不像傳聞那樣好對付！

「不瞞老兄，小弟殷天，是陰爪神功的傳人。」中年人抱拳自我介紹。石興言板著臉，對這名號沒感覺。

看石興言反應冷淡，殷天不再客氣：「我要你身上那幅畫。」畫？幹嘛要我的畫？石興言很意外。

「那幅畫是名家手筆，價值連城，陰爪門大堂上正缺一幅名畫。」殷天索性耍流氓：「交出畫，否則留下命。」

石興言連連搖手。唉，天大誤會，吹牛吹出來的畫，怎麼變成名畫了？

「不給？那就別怪我心狠手辣！」殷天臉色難看，慢慢抬起手。灰灰暗暗的十根手指，骨節突起，像雞爪！

旁邊好事的人聽到這兒紛紛退遠去，壞了，壞了，要鬧事了！

不知道對方這是運功開打的架勢，石興言撇下殷天也跟著旁人開步：「我走了。」

臭小子不把我當回事！殷天氣炸了，雙掌揮舞，朝柳樹猛拍。霎時間，柳條飄蕩柳葉翻飛，看得石興言目瞪口呆，這棵樹真是中了這個人的邪術喔。

不得了，折斷的柳條柳葉都「咻」「咻」「咻」……，變成飛鏢利器射向石興言。

媽呀，沒學過一招半式的老實人不知如何是好，先是抱頭遮臉，兩腳噗噗跳，「欸」，哪裡可以躲一躲啊？誰料他這麼一動，身體竟隨順殷天的掌風不停陀螺轉，把個老實人慌得雙手亂舞，「走開走開，別過來。」

躲遠遠的過路人全搖頭，「這個讀書人，傻愣的……」「柳樹也倒楣，白白遭殃……」說歸說，沒人敢出聲勸或出手救。

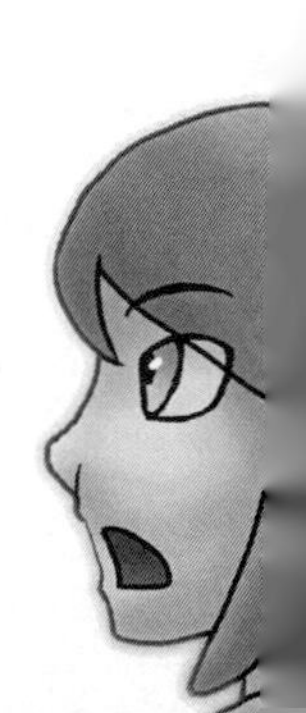

先聽到老石哇哇叫，又聽到「救命啊……」連聲慘叫，正趕來相見的桂典志心中涼半截，是老石嗎？喉頭哽咽，眼眶發熱手發抖，腳下幾個起躍，拼了全勁衝過來，見著的景象卻全不是他想的樣兒。

一個中年人十指抓抓扯扯，柳樹的枝條葉子隨著手勢指揮，「劈劈」「啪啪」斷裂，這是什麼邪門怪術？枝葉分明被當作武器發射，石興言飛快旋轉身子，射向他的枝條柳葉全都反彈回去，黏貼到中年人身上。

施展邪門功夫的中年人，全身上下插插掛掛，漸漸看不到半點空隙，變成一個柳樹人了。發出「救命啊！」慘叫的是這傢伙，不是石興言。

「打人的喊救人，哼！」看熱鬧的群眾幸災樂禍：那壞人用邪術，把柳樹抓得光禿禿；讀書人被邪術耍得團團轉，停不下來；一定是樹神顯靈，教訓壞人來了……

桂典志抓頭傷腦筋：老石不會打架過招，用內勁擋暗器完全是自保的工夫，問題是，老實人也不知道如何停住，得先把「柳樹人」移開！

急中生智，桂典志用老石的方法——打陀螺。路旁借來一條麻繩做鞭，使勁甩去，捲住那壞人再用力抽，中年人被帶開兩步，這才痛醒了，趕忙借勢轉身，慢慢旋出石興言的氣場外。

「無……無……無……天」，插掛的枝葉自動掉落，沒傷，可是手指麻軟，掌風沒了，全身功力提不起來，這個人嚇得語無倫次。

胡說什麼？桂典志推他一把：「快走快走！你只是被柳枝打中穴道，過兩個時辰自然就解開，再不離開，當心被人圍毆！誰

叫你亂抓樹。」

「樹！」桂典志朝柳樹看，哈，有法子了。

拾起地上柳條，桂典志小心伸出手，慢慢靠近石興言。

柳條一碰到氣場就搖擺，桂典志停下腳，等柳條不再晃動才又前進。

「老石，你轉陀螺嗎？該停啦。」柳條一點一點伸，察覺氣場逐漸縮小圈子，桂典志趕緊喊：「別急別急，先慢下來，轉慢點。」練功結束要收功，鬆氣洩勁要緩和，不能說停就停的。

看著石興言身體停住，腳下又轉個一兩步，他伸手扶住石興言。

有進步啊，這回不再呆呆站著啦，可是，「你怎麼會用這一招？」桂典志頂好奇。

這也叫做一招嗎？「殷天有風，我找地方躲，轉來轉去就停不下來了。」是殷天打我這個陀螺！

石興言說的老實話，桂典志完全聽不懂，陰天有風何必躲呢？童謠唱的「楊柳活著搓陀螺」，怎麼變成陰天打陀螺？

送米果回家

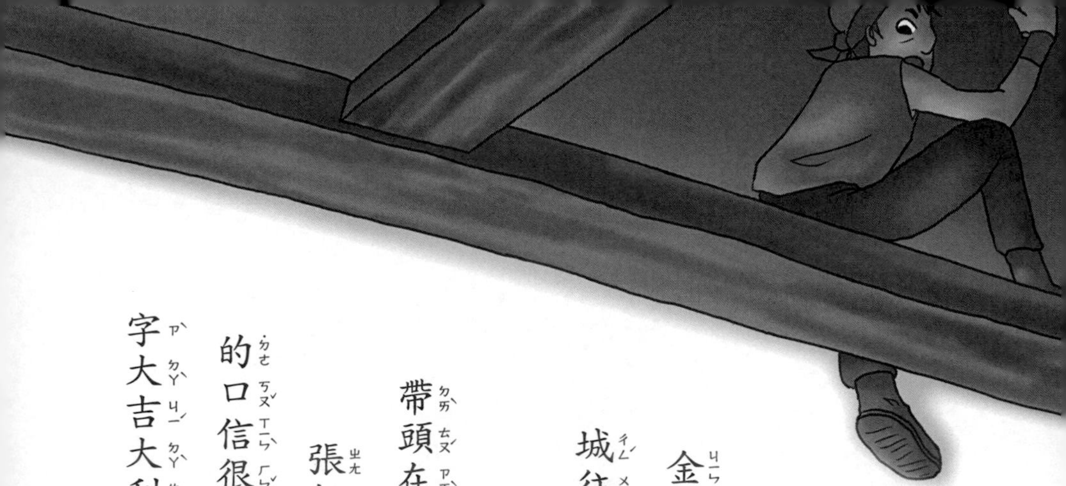

趕路趕時間，最怕半路有事延遲。桂典志和石興言要去見張師傅，卻在城外遇見個程咬金，要搶石興言的世界名畫。事情解決後，兩人急忙進城往秋水樓趕來。

「天下公認，大道之行不如小路捷徑！」桂典志說，帶頭在小巷裡穿梭。

張師傅是個木匠，在秋水樓整修屋樑。王秀才要他們帶的口信很簡單：「請張師傅做的箱籠，半尺改為尺三，取個紅字大吉大利。」

「那得多兩三天工夫，做好再送過去。」木匠謝過兩人，又去忙屋樑上的工作。

事情辦妥，哥兒倆輕鬆逛市街。縣城比小鎮熱鬧，店家多，店面氣派，連店招都精心設計過，寫的畫的，木製布縫石刻竹雕，各式各樣很講究，只看這些門面就覺得生活實在有趣。

「過日子就要這樣五花八門！」桂典志一向愛靈活有變化的創意。

「作生意嘛。」不活還能叫「生意」嗎？石興言也喜歡看看逛逛，活潑熱情的招客叫賣都是聰明的對話，裡頭全是機鋒。

「客人請進，喝茶歇腿啦，椅子上涼快吧。」聽到茶棧裡招呼，店外顧客捉弄店裡人：「椅子涼快有啥用，天氣涼快才行！」是啊是啊，「大爺高明，天氣涼快才種得出好茶，咱店裡茶葉好哩。」店家厲害，三兩句立刻回到生意經來。「說得好！」店裡外一片喝采。

耳朵忙著聽，眼睛忙著看，墨香在鼻息間進出，他們進了墨莊，手指撫摸筆毛紙卷，轉身又來看端硯。

冷不防，一個老人扯住他們衣襟說：「孩子啊，我們回家吧。」

咦，這是誰家長輩啊？桂典志問店夥計。

店裡幾人七嘴八舌圍著老人問：「您住哪兒？」「您怎麼來的？」「家裡頭誰帶您來呢？」「您貴姓啊？」問啥都搖頭，老人只抓著他倆衣襟，「回家吧。」「走累了，我要回家。」聲音哆嗦嗦，透出疲累困乏。

「會不會是大爺您的鄉親呀？」店家猜。

會嗎？指著石興言，桂典志問老人：「爺啊，您知道他是什麼人嗎？」

「知道知道」，蒼蒼白髮下，老人眨眨眼，笑出一臉皺紋：「他是老實人。」

「那我呢？」桂典志再問。

「你話多。」扯晃兩人的衣襟，老人嘮嘮叨叨：「你們一道的。我也要跟你們一道走，回家去吧，我要回去睡覺了。」

好吧，就回家去。桂典志和石興言陪老人走出店，來到大街岔口上。

回咱們鎮上嗎？石興言問桂典志：「老人家若走不動怎麼辦？咱倆輪流背，或是叫輛騾車馬車？」

桂典志還沒回答，老人居然說：「我行，我行，我都走巷弄。」

眼睛發亮，桂典志順著話頭問：「爺啊，巷弄太多，我搞糊塗了，從哪邊進去才好呢？」

「傻孩子，繞過石榴大盆就是了嘛。」老人帶頭走，碎碎念，拐彎時還指一指旁邊：「要長記性、學認路，可別出門就找不到家。」

「石榴大盆」在哪兒？石興言搖搖頭：「我沒看到啊。」沒有嗎？老人急了，停下腳轉身到處張望：「過石榴大盆直走，撞見桂花牆就騎馬，上土豆兒棚再開口叫，很簡單不是嗎？」邊轉圈邊比畫，末了又問石興言：「你記住沒？要不要再說一遍？」

石興言想搖頭，桂典志忙跟他猛點下巴。啊，啊，「有，有，記住了。」石興言用力跟著點頭。

「爺啊，我忘了自己叫啥啦，教教我吧。」桂典志扶著老人肩頭問。

哈哈，怎麼連名字都忘了！老人笑出聲：「你應該叫米果，可是人家都叫你米疙瘩，因為你爹米高都喊你『米哥兒』，你娘喜歡『米鼠』『米鼠』這樣叫，那是因為你個頭小。」

老人先是粗魯喊，後來又尖起嗓門細氣喚，精神全來了：「你弟弟叫米福，你兒子叫米力和米久，女兒叫米花，清楚了吧。」

哇，米糕、米粿、米糊、米粒、米黍、米酒、米花，米製品全都有了！

桂典志和石興言被這些名字逗得哈哈笑，路人經過還以為是爺孫三人在聊天。

「那……」桂典志摟著老人肩頭再問：「我住哪兒呀？」

「你一直都住在西門三抱竹嘛，怎麼還問呢？」老人拍一下桂典志的手：「要長記性學認路，出門回家才不會丟！」

這下連死心眼的石興言都聽得出來，老人八成就叫米果，住在城西的三抱竹。有名字有地號，應該不難找。

他們往大城西門走來，石興言左看右看，沿路尋一棵石榴一個大盆。

「老石，別管石榴大盆了，咱們走大街道，先去西門再問人。」

咦，不走巷弄嗎？

陌生地頭上千萬別走進迷魂陣裡；「路長在嘴巴上」，桂典志說得老氣橫秋。

來到城西，路邊大娘告訴他們：「三抱竹是三叢竹子，在土地廟旁邊，前面彎過去就是。」

找到竹子叢，老人笑起來：「石榴大盆！」

在哪兒？

順著老人視線看過去，他們身旁一堵石頭牆，上面刻著一隻展翅大鵬。石興言和桂典志恍然大悟，是「石留大鵬」，非樹也非盆。

彎過石牆直走不多遠，一片花花綠綠大牆擋在前，只能向左走或向右轉，要往哪一邊？

「騎馬，騎馬」，老人嚷著，左腳踏前一步，右腳提跨帶著身子轉，面朝左蹲出馬步。噢，騎馬原來是左轉的意思。

巷子裡屋挨著屋，低簷矮楣，桂典志和石興言彎腰垂肩，跟著老人「騎馬」，好累呀！

「人呢？回家啦。」老人站在一塊布篷下喊。瞧進去，籮筐堆成落，幾顆馬鈴薯掉在外頭。老人這一叫把籮筐都移開了，原來後頭有扇門。

「欸唷，你又走丟啦！」白髮婆婆倚著門笑，搬籮筐的大叔趕忙來扶老人。

「沒丟，沒丟。」老人傻傻笑：「他們找不到路，跟著我回來。」

怎麼是我們走丟了？石興言很詫異，歪頭看老人。

桂典志反應快，大聲說：「是啊是啊，找不到石榴大盆，我們只好跟爺一道回家來。」

螞ㄇㄚˇ蟻ㄧˇ復ㄈㄨˋ仇ㄔㄡˊ記ㄐㄧˋ

從說書場子走出來，石興言嘆口氣：「螞蟻真是有靈性的東西。」桂典志點點頭，他倆剛聽了一段〈蟻群救象〉的故事。

縣城大街上熱鬧得很，遊客擦肩接踵，路邊一堆人不知圍著看什麼，他們也湊上來瞧。

是賣油翁在表演神技。勺子高舉過頭，油倒出來流入瓶裡，瓶口蓋著一枚銅錢，油通過銅錢方孔，細細一線絲毫不溢出。客人要一兩油，老翁舀入勺倒入瓶的就是一兩，有客人要半斤，勺裡空了，瓶子沉甸甸的，剛好就是半斤。

「真功夫。」「練過的。」觀眾這麼說。

桂典志腦子打轉，研究如何改造這絕技，石興言卻盯著老翁腳跟緊看。

有團黑不拉嘰的東西在老翁腳邊一指寬處，先是扁扁圓圓，再是凸凸方方，又是高高尖尖，形狀變個不停。

螞蟻！

厚厚大團螞蟻，

在這裡幹嘛呢？

石興言蹲下來

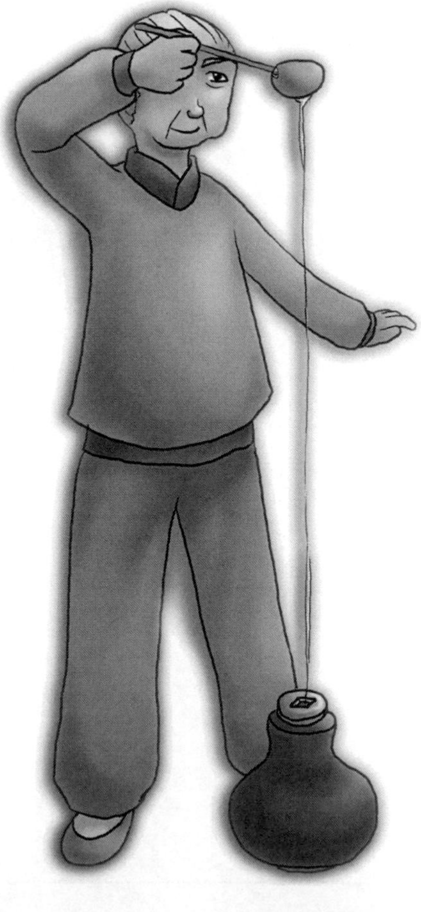

看，桂典志接著發現這團螞蟻，也彎腰低頭認真瞧。

「小夥子，地上有銀子嗎？」「少年哥，怎麼啦？」旁邊的人感覺奇怪，等知道在看螞蟻，有人嗤鼻笑：「闊少爺！螞蟻都不認得。」有人搖頭說：「螞蟻也值得認真嗎？」

觀眾轉移注意力，生意難做了。賣油翁放下勺子蓋好油罐，嘆口氣，小本生意哪經得起攪局！只是被人為難也就罷了，「怎麼連

螞蟻都來欺負我呢？」他說話轉身移腳，很自然的動作，卻把蹲在旁邊的石興言嚇一跳，雙手捧住賣油翁踏向螞蟻的腳。

啊呀喂，老翁身子左右晃，被一雙強壯胳臂舉起。桂典志把老翁接過，讓他站到自己身旁。

「老伯別氣惱」，桂典志指著地上螞蟻團：「牠們救您哪。」

我好端端的，要救什麼？賣油翁不信。看看那團螞蟻，聚得密密厚厚層層疊疊，「一般螞蟻很少這樣」，石興言說。

賣油翁還沒說話，旁邊聽的人先笑了，不就是普通的螞蟻，會有什麼學問呢？

學問倒沒有，只是有蹊蹺。桂典志要石興言站開，拿起油勺倒轉柄，在蟻團旁邊「度度度」打，螞蟻受驚嚇稍稍散了開，眼力特好的賣油翁一眼看出裡頭東西，嚇得喊「阿娘喂」，是蠍子咧。

蟻和蠍體型差很大，但螞蟻國傾巢盡出，蠍子寡不敵眾，僵麻了，毒鉤軟軟拖垂，被螞蟻包圍推移。

若非螞蟻擋著，蠍子可能就螫上賣油翁腳跟，說螞蟻救他一命也不算錯。可是這裡怎麼會出現蠍子？

賣油翁臉色沉重，找出竹筷把蠍子小心夾入葫蘆，塞緊蓋子，又撕塊布巾撒上芝麻花生，放在地上引螞蟻，「我得把牠們帶回窩去。」

聽起來，賣油翁認得這團螞蟻哩。

「昨天在城外遇到一個郎中，背藥箱在土丘上抓蠍子，說是泡酒作藥。我看他連著挖開好幾個螞蟻窩，多嘴勸他別作孽，螞蟻並不礙著誰。郎中警告我『小心點，走著瞧』，那時沒放在心上，會不會是因此得罪人招來麻煩……」

這麼說，難道是郎中放出蠍子來咬你？聽的人七嘴八舌猜。

賣藥郎中剛才好像在這裡！一句話說得大家轉頭四處望。

賣油翁打起精神，先把油擔收拾妥當，「謝謝各位大爺照顧，若有機會一定再來貴寶地。」說完，兜攏布巾挑起擔子就匆匆離開。

人群散去轉往別的攤位店面，桂典志問石興言：「還要逛嗎？」

「他會不會有事？」石興言看著賣油翁背影答非所問。

「走吧」，桂典志哈哈笑，老實人好奇又執拗，這件事若沒看到底，肯定會在他心裡住著一窩螞蟻。

遠遠跟在賣油翁後頭，石興言很興奮：「螞蟻是來報恩的。」

桂典志搖搖頭，螞蟻向來很合作，救人可能是巧合，說是報恩未免武斷。

城外雜木林下，賣油翁把布巾裡的芝麻花生和螞蟻團輕輕抖落：「蟻哥兒，謝謝你們搭救，回窩去吧。」

接著，賣油翁打開葫蘆蓋，走往另一頭倒出蠍子：「你也回去吧，我們沒冤沒仇，別相害啦。」他倒退走，怕蠍子來螫，等蠍子鑽入土堆才放心走向油擔。

有個人氣急敗壞來吼他：「賣油的，你假好心真作孽，把我養的毒物都放了，這下不知害到多少人畜……」

是背藥箱的郎中，追著賣油翁開罵：螞蟻是我用蠍毒養的，準備作藥，每隻身上都沾了毒，隨便咬到人雞牛豬什麼的，立刻毒發，輕的殘廢重的沒命。「你說你說，這是做什麼好事！」

被郎中口沫噴得招架不住，賣油翁抬手遮臉面，話都說不好：「欸，欸，我，螞蟻救我呀。」

「螞蟻是不是救你這可難講，我倒要說，你搶了我的寶貝藥材！還我螞蟻和蠍子，不然我去官府告你！」

石興言大大意外。不對呀，螞蟻明明是驅趕毒蠍，怎麼會和蠍子「一國」的？郎中的話有問題。

「他弄錯了。」老實人斬釘截鐵說：「螞蟻確實救了賣油翁沒錯。」

噢，「螞蟻跟你說的嗎？」桂典志打趣問。

「我看的。」一隻兩隻螞蟻人家不會注意，一群螞蟻簇在一起，任誰都要看幾眼。

「這跟賣油翁有什麼關係？」桂典志聽不懂石興言的推理，螞蟻一路跟著賣油翁嗎？

石興言呆一下，說不出所以然。郎中這時又大聲嚷：「要饒你也行，賠我十兩銀。」沒銀子就還東西，一隻也不能少。

喔，賣油翁渾身上下掏摸，只湊到十個銅錢，沒法子，老人家蹲下來，抖著手抓蠍子螞蟻。

桂典志堆起笑臉來請教郎中：「先生高明！這螞蟻身價高，既是有毒，怎麼還能作藥？」

哎，「以毒攻毒」聽過吧？螞蟻餵了蠍毒，跟自身蟻毒混合了，螞蟻更強悍，不怕蠍子，自然是治蠍毒的妙方……

郎中說的煞有其事，桂典志點點頭又虛心請問：「那麼，如何分辨毒蟻和普通螞蟻呢？」

「喂，你想抓螞蟻賣錢喔？」郎中問。

「相反相反」，桂典志用力搖手：「我想跟先生買毒蟻。」價錢不在乎，可是得先證明藥效：先讓蠍子螫過，等毒性發作再用螞蟻來治毒。

「嗄，你要讓蠍子咬！」石興言瞪大眼，阿志買毒蟻做什麼？還要冒險試驗！使不得，使不得。

「欸，錯了錯了。」桂典志啼笑皆非，死心眼的老實人，腦筋怎麼想的呀？

「當然是咬他。」指著郎中，桂典志用筷子夾起賣油翁抓到的毒蠍就往「他」手中放。

沒料到桂典志這麼做，郎中大驚失色猛力抽回手，卻跌個四腳朝天沾了一身螞蟻，小東西不客氣往他屁股手腳就咬。

「嗚」「哇」，郎中又拍又跳，站起身趕螞蟻，手腳靈活人好好的，看起來，毒蟻沒什麼毒，蠍的毒才可怕。

「就還你一隻蠍吧。」桂典志把毒蠍遞給郎中。那個人滿臉通紅：「算了，我不要了。」轉身逃之夭夭。

原來，「螞蟻也會報仇！」石興言大大嘆口氣。

昏ㄏㄨㄣ官ㄍㄨㄢ審ㄕㄣˇ案ㄢˋ

書房裡，腦筋條直、少變竅的石興言，困在一件事裡鬧彆扭：石老爺不贊成這兒子去考功名，要他留在家裡掌家業；石興言怕自己管不來錢財的事，寧願去廟裡苦讀，跟白紙黑字作伴。

一股沒來由的氣悶著，石興言往書桌上攤開紙，點啊撇啊、勾拉拖折，指肘腕肩全跟著心情走。沒停沒歇畫到鼻頭出汗眼睛發亮，他反手轉出一根線條長長飄上去，手停在空中隔好久才放下。

「呼——」鬆下肩擱好筆，惱人的情緒散了，他出門去找好朋友桂

典志。

還沒彎過街口，一個老漢哭喪著臉迎面走來，見到石興言像見了親人，嗚嗚哇哇抓著他訴苦：「吹牛的少爺，你幫我想想法子吧，我的牛被官府大人扣住了，要罰我錢哪……」

認出是那位趕牛的老漢，石興言很詫異：「你的牛闖什麼禍啦？」

「沒闖禍啊，牛乖乖的。」老漢哩哩嘮嘮：「趕車阿四說我牽了他的

牛，我們吵破喉嚨都說『牛是我的』，旁人也弄不清，教我們上官府請大人作定奪。」

喔，結果呢？石興言隨口問。

「大人要我們一起喊牛，看牛應誰，誰就是牛主人。」

這樣行嗎？石興言很懷疑。

「不行啊，牛一眼看我，一眼看阿四。大人也沒法子，就問牛：誰是牠主人？」

牛會怎麼回答呢？石興言想不出來。

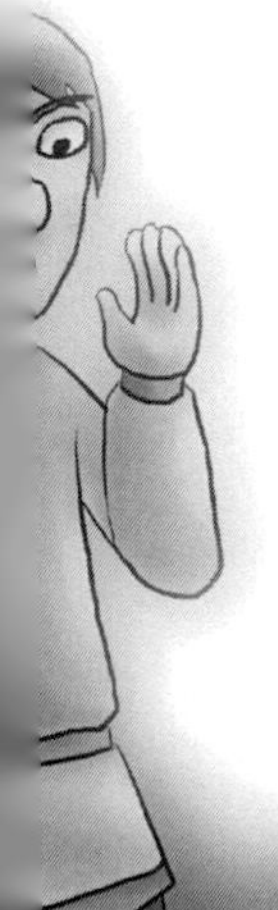

「牛不會說話呀，大人看牛不回答，氣得要打牛十大板。」

石興言嚇一跳，牛要挨十大板，屁股會打爛欸！

「我捨不得牛挨打，請大人改罰勞役；阿四也怕牛被打殘了，請大人別跟牛計較。大人生氣了，說我們不認得自己的牛，各罰五十個銅錢；又說我們打擾官老爺辦事，再各罰五十個銅錢……」

哇，加起來要罰一百個銅錢，「你繳罰金了嗎？」石興言問。

「我沒錢呀。」老漢癟著嘴，雙眉下垂手一攤：「罰我錢還扣了牛，明明牛就是我的……」說到傷心處，老漢唏哩嘩啦哭了：

「吹牛少爺，你去幫我作證指認牛吧；你有本事的，行行好，幫我這個窮老漢……」

不由分說，拖著石興言就走，那力道，跟牛一樣蠻。

小六子剛巧經過，看石興言被拉走，嚇慌了，衝回家喊桂典志：「大爺，快點！石少爺被拖去官府了！」喊得十萬火急，滿屋子響，就怕桂典志沒聽到：「大爺，快ㄉ……」

開什麼玩笑？老實人會犯什麼大錯被「拖去官府」？桂典志邊走邊問。小六子跟不上，跑得喘噓噓：「好像說石少爺吹牛。」他也不清楚哩。

不清楚的還有阿四。官府大人為什麼把牛當人訊問？難道牛遇到官就會開口說人話？阿四沒人可問，遇見趕牛老漢，兩人同時又嘆氣：早知道就別上官府！

官府外頭，桂典志及時攔下石興言，問清楚走官府的事由後，「牛是他的嗎？」指著老漢問。

「我要看了才知道。」石興言老實說。

那得先把牛帶出來。桂典志撓撓下巴想了想，「你們倆暫且都做我的家丁，由我去跟大人說話，行不行？」他問老漢跟阿四。

對著壯如山的公子爺，老漢跟阿四感激得哈腰稱謝。兩個少爺要比咱兩個粗人有用多了，何況又是一個書生一個英雄，說的話一定比趕牛趕車有份量。

「大人青天老爺，小的家丁不懂規矩，亂了公堂秩序，請大人不計小人過。」公堂上桂典志這一說，老漢跟阿四忙跪下磕頭。

「好吧」，大人靠在椅背上，懶洋洋問：「牛是誰的？」

「趕牛和趕車，用的都是小人家的牛。」

老漢、阿四頻頻點頭：「對對對。」

抬抬眼皮，大人又問：「你家的牛，怎麼問話不回答？」

「牛只認牛味，大人渾身上下沒半點牛味，牛才沒回答。」公堂上每個人都用力抽鼻子聞，好像是哩。

大人笑起來：「嗯，有道理。那麼，罰錢的事呢？」

「大人青天明察，既是小人家丁犯的錯，當然交由小的來罰他們。」

看到每隻耳朵都豎起來聽，大人驚堂木一拍：「好吧，人和牛都帶回去。以後這種小事少來煩我，違者罰銀一兩。」

「是是是」，沒錢才是大事！老漢跟阿四記

牢了，謝過大人退出官府，站在街口，等小六子去領回牛。

「哞——」，背後有招呼，大家轉身瞧，對街另一頭牛正甩尾巴看這邊。

「咦！」老漢揉揉眼睛跑過去。

「牠才是我的牛啦。」老漢招手說。果然在牛的右眼皮上有一塊白斑，牛的事情這下清楚了。

只有石興言還不清楚：官府大人身上是什麼味呢？

高手二人組

小心用筷子夾住一個蛋，石興言走過市場阿五面前，阿五看了一眼。

送走一個客人後，阿五又看到石興言用筷子夾雞蛋，慢慢走過面前。

沒多久，阿五覺得有人走過去，抬頭看，又是夾雞蛋走路的石興言。

看著背影，阿五跑去找小六：「喂，石少爺怎麼啦？」

聽完阿五的話，小六子去喊桂典志：

「大爺，你那好朋友鬧古怪咧。」

桂典志來問究竟：「老石，你在練什麼功？」石興言正夾起雞蛋要出門。

「不是練功」，石興言放下雞蛋說：「我試試『流言可畏』的殺傷力有多大。」

「咳，那也不必犧牲形象嘛。」桂典志哭笑不得，「走吧，帶你去領教一下。」

走進城外飯館，中央方桌四個人高談闊論：「聽說江湖上新近出了高手二人組，叫黑白無常。」

「黑無常用吸星大法，把對手武功招式轉到自己身上，什麼厲害武功遇到黑無常，立刻變成破銅爛鐵不值錢了。」

「那，白無常呢？」跑堂的端上石興言要的大滷麵，回頭問一句。

「白無常就絕了。看起來像殭屍，陰陰冷冷不愛理人，打架過招不還手也不會躲，人家以為他不行了，誰知那是裝的，白無常全

身一層真氣護體，誰要碰他誰就倒楣。」

一口氣說完，這個人狠狠扒一大口飯，再夾一塊肉往嘴巴塞。

「會怎樣呢？」掌櫃的接口問。

「你拿刀子丟他，刀子彈回來砍你；想用毒藥迷他，毒藥飄回來先毒死你。他只站著不動，一幫人就砰砰砰砰全倒了。」

三兩口嚥下飯跟肉，仰頭咕嘟嘟喝下一碗茶，這人俐落解決一大票人的好奇心。

「這麼厲害！」飯

館內眾人聽得嘖嘖稱奇。

桂典志笑嘻嘻：有機會應該見識見識這黑白無常。「老石」，他打量老實人，「你跟白無常有點像。」

才怪哩，「你別聽什麼信什麼。」石興言哪會綿裡針、裝殭屍。

剛進門的一群人分坐三四桌，問清楚在說啥，立刻接下聊：「陰晴雙煞就栽在黑白無常手底下！」

霍，名號響噹噹，故事一定很精采。付了錢要走的人又坐下來，「快說快說，怎麼回事？」眾人緊催促，桂典志和石興言更是坐直身體仔細聽。

「陰爪門的殷天和秦日，人稱雙煞，殷天擅長抓扣，秦日精通腳法。」

「陰爪門就這兩人，再沒有門徒部眾，可是江湖上也不敢小看他們，畢竟，陰晴雙煞手段無賴，人人都怕。」

嗯，沒錯，江湖上是這麼傳說。

「我見過殷天。」石

興言衝口說。旁邊有人看過來，桂典志忙要他閉嘴。

「這兩人狡猾無賴出了名，怎麼會栽跟斗？」問的人顯然也認識雙煞。

「殷天有眼無珠，居然使陰爪神功向白無常訛詐財物，一雙手掌被白無常的真氣反震，報廢了。」

有這種事！大家都臉色沉重，「唉，要練一身神功不容易呢。」

石興言筷子上的麵條正要送進口，聽到這話很錯愕，麵條垂在嘴外。

「秦日沒出手相救嗎？他們是同門一夥的……」有人問。

「活該他們要倒楣，兩人沒在一塊兒。秦日遇上了黑無常，以為腳底功夫能佔便宜，哪知過招之後，黑無常立刻用秦日的招式把他制伏了。」

「也被廢了？」跑堂的站過來問。

「沒有，只是一天半日起不來。」

桂典志覺得傷腦筋，這故事有點接近事實卻又誇張離譜。

石興言半信半疑：「哪有這種事。」把我們說成黑白無常了

唷！「高手這麼好當嗎？」

桂典志大聲說：「高手就是請人高抬貴手。」他捉弄老實人。

「別開玩笑了，老兄。」開口的是個黑臉壯漢，提高嗓門說：「陰晴雙煞栽跟斗，為的就是一幅畫。聽說黑白無常武功怪異，全出自他們隨身帶的畫卷，那上面不但記載絕世神功，畫卷也是寶器，一旦展開必定要見血，可比無常的拘魂令牌。」

哇呀喂，明明是我吹牛的一幅畫，居然變成會殺人奪命的武功祕笈！石興言被麵條嗆到了，咳得臉紅脖子粗。桂典志用力忍住笑，還要勸老實人：「別激動……」

「現在江湖上各路人馬都在找黑白無常，要搶這奪魂寶卷。」

黑臉壯漢繼續說。

這真糟糕，被找到了會怎樣？心頭砰砰跳，石興言嚇死了，臉上白得沒血色。

桂典志故意大聲嚷：「黑無常矮冬瓜一個，穿一身黑；白無常瘦高柴板，全身白。牛雞狗豬看到都會怕……」

「你見過？」隔桌客人冷冷問，兩個土包子會認得什麼大人物！

桂典志拍胸脯：「我聽到的都是這麼說。」土里土氣的話惹來哈哈笑：土包子懂什麼江湖事？卻也沒人再應和追問，各自低頭吃飯。

耳朵清淨下來，石興言緩過氣終於能好好說句話：「什麼高手二人組，太可怕了！」

二ㄦˋ太ㄊㄞˋ爺ㄧㄝˊ作ㄗㄨㄛˋ壽ㄕㄡˋ

在桂典志身邊做事的小六子，笑嘻嘻來請假：「大爺，我鄉下二太爺作壽，後天起我得請三天假，行嗎？」

「行啊。」桂典志一口答應又好奇問：「二太爺是你什麼人？作幾歲壽呢？」

「二太爺是我高祖父哩，今年為他作百歲壽。」小六子藏不住心中得意：「整個庄頭忙翻了。」

聽到是百歲高壽，桂典志和石興言同時坐正身子，「失敬！失敬！」石興言扳手指算：高、曾、祖、父，哇，五代了唷！

桂典志乾脆給五天假：「你明天就提早回鄉下吧。」

歡天喜地道謝，小六子不忘邀請：

「大爺，您和石少爺一定要來吃壽麵，我二太爺會特別高興。」

向百歲人瑞賀壽？那當然要嘍。

桂典志和石興言按著小六子說的路徑，走入阡陌縱橫、綠巖疊翠的山村田家風光。一路走來，遇見的人都知道有個百歲人瑞要做生日。

兩位公子爺吹著風，聞著稻香，看秋日光影，聽鳥雀啁啾，咳，到處都是喜氣歡慶的味道！

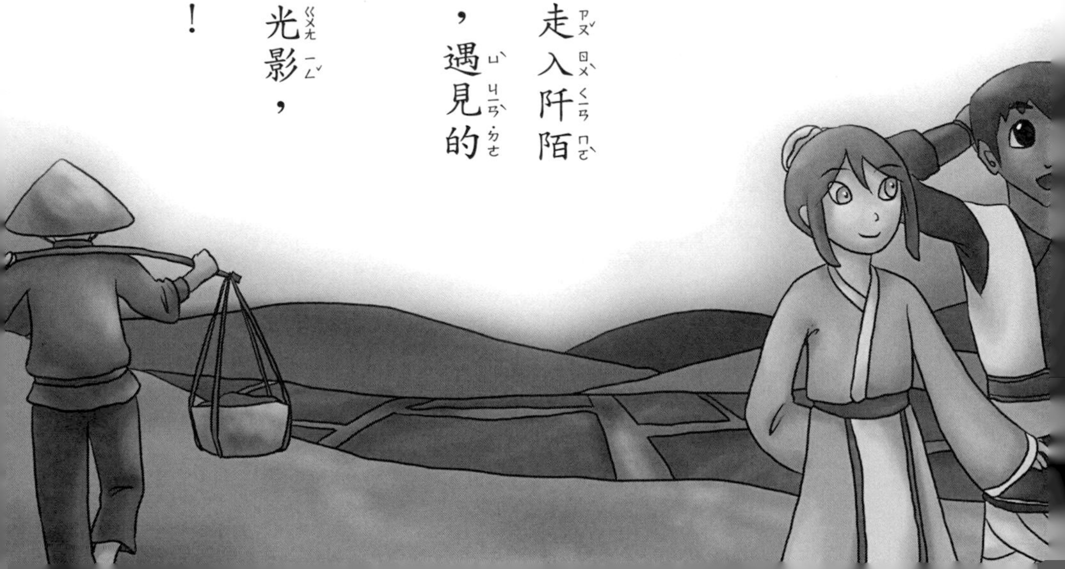

「嗯，天地都高興祝賀。」石興言難得話多。

庄裡每間屋子都掛綵球，戲台上嗩吶鼓吹叭叭響，不斷有客人走進庄子來，流水席擺開，隨時有人搬碗盤、抬桌椅、架鍋鼎，大夥兒進進出出，見人就喊「恭喜」，好像大家都是壽星主角。

仔細看，不少人白髮白眉白鬚，這庄子，大人比小孩多，老人比壯丁多。

兩個公子爺庄裡走一圈，繞到庄後還是沒見到小六子，卻遇見一個白髮翁跟他們笑：「公子哥，來玩啊。」

咦，老人家怎不到前頭一起熱鬧呢？

「欸，大家忙作壽，我使不上力，在這裡較不礙事。」

要如何稱呼老人家呢？

「大老二」，白髮翁笑得像梨子：「喊我大老二，這名號不錯吧！」

是很響亮，而且有學問哩。

「什麼學問？」石興言不懂。桂典志告訴他：「老二哲學，有大學問。」

「公子哥，去前頭跟大家過生日吧。」大老二腰不彎背不駝，皮膚皺皺身子精瘦，一面說一面笑。

轉來屋前，煮好的壽麵不斷送來，堆成寶塔坐在桌上，「越高越好！」有人說。這要盛到碗裏可難嘍！負責分盛壽麵的人筷子功也不含糊，一塔麵隨時保持尖尖高高，桂典志大聲喝采：「厲害！」

不知誰出了主意：「玩耍舌啦。」一吆喝，男女老少都起鬨，挨挨擠擠圍到戲台邊，是什麼有趣的事嗎？

「親朋好友，前輩鄉賢，貴客尊駕，通通請了。」鑼鼓點鼕鼕鏘鏘，兩個人被拱上台說相聲。

「家有一老如有一寶，咱們庄，名號寶庄，寶特別多。高壽好福氣，在場各位沾沾福氣，今晚回去不亮也光。」主口滔滔侃侃，下口哼啊應和：「什麼光？」

「酒喝光，腦袋靈光，行了吧。」「喝酒呀？」

「對酒當歌。」「那，你就歌吧。請！」下口趁機嗆句。

「嗄，我，唱歌？」主口一時傻了，台下笑哈哈：「出局出局。」

換個人扮主口：「人生幾何。」「口水都流成河了。」

「酒逢知己千杯少。」「哎，少千杯也無妨啊。」

石興言聽懂妙處了：主口負責說應景合時的詩詞，讓下口對和。顯然這庄子的人肚裡都有墨水！

「人生不滿百。」「咦，百了百了，今天作百歲壽哪。」

「酒入愁腸。」「可別愁哎，今天是喜事，你弄錯啦。」連錯兩次，這主口只好鞠躬下台。

第三位跳上台大聲說：「不醉不歸。」「醉不上道啊，小心喝醉了撞人。」

「人生如夢。」「你累了嗎？趁早躺下歇著，別喝了吧。」

「舉杯邀明月，對影成三人。」「喔，三人行！你想找老師嗎？」

「恨無知音賞。」「嗯，那就無聲勝有聲嘛。」這主口了得，許多人鼓掌。

「人生得意須盡歡。」「沒錯，烹羊宰牛且為樂，咱們做到了。」

「過盡千帆皆不是。」「不是什麼？」「不是……」主口一時語塞，抓抓頭，被笑聲請下台。

一條熟悉的身影被推到台上。「是小六子！」石興言認出來，桂典志笑容滿面，強將手下無弱兵，六子平日陪咱們讀書寫字，「沒問題的啦。」他拿起一碗酒。

「扣關無僮僕。」六子拍響巴掌說。這句不錯，桂典志放心喝口酒。

「那就自己推門進去吧，何必敲門等人來招呼呢？」

「來往不逢人。」「正是，咱寶庄地方大，找人不容易呀。」這句也過關，桂典志再喝口酒。

小六子很神氣，雙手插腰接著說：「大雞小雞落一盤。」「噗

——」桂典志口裡的酒噴出好遠，楞小子說什麼？

下口笑岔了氣，咳咳喘喘勉強擠出話：「你……說……錯……錯……了……」台下的人東倒西歪，全被「大雞小雞」逗得合不攏嘴。

正鬧著，一個大盤騰空飛到台上，盤裡一隻燒鵝一隻烤雞，香噴噴油亮亮，就在空中停著，把大夥兒口鼻挑得癢癢，眼睛發直瞪著看。

機伶的六子知道兩位

公子爺助陣，趕忙接住盤子大聲嚷：「大雞小雞落一盤，祝二太爺百歲快活！」

喔，這好，高明！精采！場中一片鼓掌：「小六子，真有你的。」眾人忙來找吃的，大豬小豬全都進了五臟廟。

走下台，六子來找桂典志和石興言。鬼點子還想捉弄他，被老實人的話提醒了：「我們還沒祝賀壽星公！」

小六子急忙帶路，「祖父怕二太爺受不了吵鬧，先請他到庄子後頭休息。」哪知道熱鬧這麼久，竟然把主角忘記了，冷落在後頭。這個庄，果真很「寶」！

「二太爺，二太爺。」柴房邊，小六子搖醒睡在地上的壽星公。石興言和桂典志嚇一跳，「是大老二！」

「喔，你們的生日過完了嗎？」百歲壽星揉揉眼睛坐起來問。

哎呀，老人家真的「坐」壽啊！

賣ㄇㄞˋ藝ㄧˋ三ㄙㄢ人ㄖㄣˊ團ㄊㄨㄢˊ

到秋水樓外賣藝，桂典志、石興言和小六子這三人團，立刻招來密匝匝觀眾圍了好大一圈。

「老石」，桂典志出這個點子：「你寫字畫畫，我耍棍打拳，咱們去闖一闖。」

「那我呢？」小六子很緊張，兩位公子爺要去混市井，自己被炒魷魚了嗎？他哭喪著臉。

「你管吆喝收錢，會吧？」桂典志派他工作：「找面鑼敲敲就行。」

猜不透阿志葫蘆裡賣什麼膏藥，老實人石興言搖手：「我的字賣不了錢。」

當然不是一般的寫字作畫！鬼點子桂典志給他打氣：「大地為紙，先作畫，再題字。」老實人還是搖手又搖頭：「我只會畫牛。」

「石少爺，你放心畫，我會幫你吹牛。」小六子也來安慰他，卻挨桂典志敲栗子頭：「老石是真功夫，要吹什麼牛！」

反正就這麼說定了，老實人在大庭廣眾前拿筆寫字。哎，這個時候就算有十個百個蚊子大師來，都幫不了老實人。拿筆的手直冒汗，原本可以力透紙背的字，怎麼變成蚯蚓爬行，既不飛龍也不舞鳳了。

「寫字畫畫都是練功，照你的心法練就對了。」桂典志也要上場了，先來給石興言安安神。

小六子敲響鑼，匡匡匡後大聲吆喝：「來看黑面郎君打鬼拳喔，打無聊鬼、懶惰鬼、骯髒鬼、健忘鬼、囉唆鬼、討厭鬼、賴皮鬼、酒鬼、色

鬼、小氣鬼、三八鬼。來喔來喔，還有什麼鬼，都來讓黑面郎君打一回，打了鬼拳，包準你不再見到鬼。」

桂典志愣一下，小六子哪裡學的連篇「鬼話」！

凝神調息後，桂典志兩臂伸開，大鵬展翅，抖抖身，立刻來上一套「哈春拳」。只見他滿場遊走，拳掌交替，在一圈子觀眾前迅速拍揮，帶出涼風習習，同時口中招呼石興言：「老石，寫字啦。」跟著朗聲唸誦：「春有百花秋有月。」

不二功心法很簡單卻管用，老實人默默複習幾遍後，心神寧定，筆尖氣韻蓄勢待發，桂典志的招呼觸動氣機，隨聲運筆，一字一字寫下。等這句寫完，石興言心筆合一，繼續揮毫。

桂典志拳隨聲到，外行人只覺得他流暢有力，習武的行家卻看得皺眉咋舌。他這是真練過的，卻不是什麼鶴拳虎拳，也不是如意金剛太極達摩之類的拳法；「什麼鬼拳？」江湖上沒見過這種路數！妙的是，他跟石興言配合得天衣無縫，老實人筆尖揮來，他正好提腳轉身，似乎腳上長了眼睛。

「仔細看，看仔細。」小六子耳朵尖，聽到觀眾的嘟囔，趕忙大聲說：「花拳繡腿不算真功夫，各位爺，黑面郎君這套鬼拳舉世無雙，別處沒有，歡迎各位大爺出題考驗。」

立刻有人扔進一把傘：「打傘驅鬼吧。」嗄，這題目能怎麼打拳呢？小六子傻了眼，撿起傘拿給桂典志，眼神躲躲閃閃，怕大爺揍他一拳，怪他亂出主意。

「行！」桂典志撐開傘往地上斜放，先腳尖點踢，讓傘在地上溜溜轉圈，再提氣縱身站在傘緣，「霍」「哈」打起「胡思拳」。

他把傘變成獨輪車，前進後退俐索得很。別看桂典志山一般壯，卻身輕如燕，那傘在他腳下好端端，不停滾圓圈轉。再看他拳路，行家又皺起眉咋咋舌：好重的拳法，黏、沉、慢，勁力很足，招式詭異，上身重下身輕，「見鬼了，這種拳！」

難的是，他得避開作畫的老實人。擎著大筆低頭寫畫，石興言筆勢揮灑全神貫注，自有氣場和力道，撞上了可是會受傷的。

一根扁擔丟進來：「挑鬼上路吧。」出題的喊。喔，這說的是鍾馗。黑臉粗壯的桂典志抄起扁擔往雙肩架住，人成了個「大」字，扁擔雙頭輪流叩地，他騰空旋身，以腳代手踢出一套「找牙拳」。觀眾覺得眼睛花，看不清飛輪流影，怕牙齒真會被踢著，紛紛捂嘴退後，果然像被趕上路的鬼哩。

趁空檔，桂典志瞄一下石興言。老實人專心作畫，渾然不覺周圍動靜。一人高的大筆在地上畫畫擦擦，一幅「牛浴泥塘」已呼之欲出：歪臥的牛背像牙鉤，勾著一池水；另一頭牛，背上憩著三隻小白鷺，牛眼斜睨鳥兒；伏臥的牛，頭昂舉、嘴微開，哞哞叫，呼喚同伴。

作畫當練功，石興言運勁筆尖，地上的線條墨痕清晰，石板如被雕琢過，偏有人存心刁難，朝石興言扔草鞋：「出題啦，邪鬼騎牛。」

怪的是，兩隻草鞋碰到石興言就彈飛起來，似乎真的有鞋鬼。桂典志雙拳打去，草鞋上了天，就這時間裡，桂典志再耍一趟「吃草拳」。身子壓地，反手朝上抓捏翻拍，腳沿著石興言筆尖遊走勾纏，最後，石興言筆拉起，桂典志收腳直身，雙臂大開大闔後停在腰間。

鞋呢？大家四處望。兩隻草鞋就停在一頭牛的背上，真「騎牛」哎。

怎麼有牛？原來被地上畫的牛招來了，還真「哞——」「哞——」喊圖裡的牛咧。

喔，這可神了，神乎其技的拳和畫。「匡匡匡」，小六子端著鑼，觀眾丟出的賞錢敲出清脆聲，「謝謝各位爺」，小六子的聲音也很神氣。

書呆子做學問

自從趕路時聽到桂典志不經意說的一句：「天下公認，大道之行不如小路捷徑。」後，石興言接連好幾天想著。

這句話很耳熟，聽起來音調鏗鏘，肯定是大師名家的手筆，到底在哪一冊哪一章有這一句話呀？詩經、易經不是這種句法，學庸論孟裡不記得有這句話。阿志學問好，隨口一句就這麼深奧，老實人不免有些苦惱，心中書本一冊一冊翻，認真為似曾相識的話尋找來源出處。

任憑石興言歪著頭想、捧著頭想、敲著頭想，靜坐閉目想、仰臥望天想，吃飯想、喝茶想、睡覺想，腦袋記憶裡始終找不到這句話。發現自己竟然忘得如此徹底，石興言恐慌得茶不思、飯不想、睡不著，非得解開疑問才行。

去問桂典志不就得了？偏偏石興言相信「勤能補拙」，堅持要自己找答案。怎麼做呢？翻書啊。他搬出所有書籍，仔細看每一頁每個字，尤其不放過「天」「大」「小」這三個字。

桌上、地上、床

上堆著一疊疊書。石興言坐在桌前，眼裡出現「小天下」三個字讓他精神一振，睜大眼看，紙上寫著「登泰山而小天下」，不是他要找的！呼口氣，老實人再翻書。

看累了就變個姿勢，換到地上盤腿坐，書本擱在腿上，手指在書頁移動怕錯過哪個字。覺得腰痠腿麻後，他捧著書本斜躺到床上繼續看。紙上跳出一行字：「大道之行也天下為公」，是這句嗎？他趕快坐挺了來推敲。意思完

全不同，也不是！

連幾天在紙堆裡鑽研，要找的句子沒線索，石興言臉上倒是出現黑眼圈。桂典志吃一驚，誰把老實人打成這模樣？「你挨了誰的拳？」他捏起拳頭準備去找到人理論。

「沒有人打我呀。」仔細想一會兒，石興言慢吞吞說：「黑眼圈是周公和書本聯手留下的。」

「這麼用功，太辛苦了！」閉門苦讀廢寢忘食，要考一官半職嗎？桂典志鬆開拳頭：「讀萬卷書不如行萬里路，你還是出去外面走走吧。」

也好，知行合一，就照桂典志的話做。雖然白紙黑字上沒找到那句話，石興言還是不放棄，打算親自試驗一遍。

走大馬路去大城，不用半天就到，小路捷徑應該會更快些，老實人於是走小街窄巷，拐拐彎彎往大城來。

聽說老實人去大城了，桂典志興匆匆追趕，誰知路上一直碰不到石興言。在城門下踱步，桂典志盤算著進城後如何打發？染坊、印鋪、茶館、書齋都值得看，說不定還能碰到老石……

「阿志！」

嘿，剛有念頭，石興言就來喊他：「你怎麼在這裡？」

「找你呀，一道去城裡逛吧。」桂典志帶頭就要走。

「你比我先到？」石興言沒動腳，只問。

「我在這裡有一會兒了。」桂典志停腳等他。

「不對，不對。」石興言喃喃自語。

什麼不對呢？桂典志莫名奇妙。

「你說的不對。」

老實人說話直刺刺，桂典志很奇怪：「我哪裡說錯了？」

「不對不對，『大道之行不如小路捷徑』不對，你說的不對。」石興言想著心事，只會連聲說「不對」。

沒頭沒腦的話，桂典志猜不透意思。兩個人呆呆對望，大眼瞪小眼，一時間竟沒話可講。

還是桂典志靈光，扣著「小路捷徑」四個字問老實人：「你剛才是走小路來？」

點點頭，石興言不吭聲，他還沒想清楚該怎麼說。

桂典志又不懂了，要進城明明走大馬路最順當，「走小路會比較好嗎？」

「反而慢。」石興言搖搖頭

「你走小路進城跟我有關係嗎？」桂典志繼續猜。

「當然有關係啦！」石興言大聲說：「我把你講的那句話奉為經典，誠信篤行，不但努力翻書找出處，剛才還實地驗證，花了好多工夫。」

「結果呢？」桂典志豎起耳朵聽。

「你說的不對。」石興言正經八百做結論：「應該說『小路捷徑不如大道之行』。」

「是是是」，硬忍住笑，桂典志的兩隻手不知要抱肚子還是捂嘴巴好，偏偏死心眼的老實人又緊追問：「你那句話有什麼典故嗎？我翻遍書本都找不到！」

哎呀，桂典志憋不住了，邊笑邊吼：「那是『桂子曰』，我自創的，你怎麼拿它作學問呢！」

娃ㄨㄚˊ娃˙ㄨㄚ兵ㄅㄧㄥ

農忙的時候，大人在田裡工作分不出身，家裡小孩沒人看管，餓了吃冷飯，睏了睡地板。懂事的孩子會照顧弟妹，幫著家務，若子女都年幼，父母可就累了，工作時心懸繫孩子，只好帶到田邊揹在身上，總是礙手礙腳。

石興言的鄰居阿宗和阿皮就是這情形。阿宗有五個孩子，老大十二歲了，可以幫忙帶弟妹，可是四個蘿蔔頭都好動，大姐頭要管小鬼，把屋子吵翻了。阿皮家四個孩子更小，老大六歲，揹週歲的老么，沒多久就喊累，小小孩哭得淒慘。石大娘看著聽著心裡不忍，要兒子去把這兩家九個孩子全帶過來。

看石興言牽著抱著大小娃兒，背後還跟了一群小毛頭，桂典志問：「老石，你開學堂嗎？」

弄清楚是石大娘要幫農家的忙，點子特多的桂典志立刻有主意：「來我家吧。」孩子們要活動，整天鬧下來石大娘會吃不消，乾脆咱倆辦一個幼幼堂，幼吾幼以及人之幼。

好人做到底，「你阿旺哥，家裡那三個也一起帶吧。」石大娘吩咐兒子。

呵呵，這下剛好一打十二個，竟然還十二生肖齊全。小六子看著一隊「兵」走進

來，瞪直了眼，大爺要做什麼呀？

小六子只比大姐頭虎妞多四五歲，孩子們很快跟小六子混熟了，不論做什麼事都跟著，像掛一串粽子，他只好向桂典志求救：

「大爺，沒人帶一串粽子做事的，要把他們放哪兒好呢？」

家丁各有工作，桂典志想一想，週歲的小乳牛睡覺時候多，交給老石帶，「哄他睡著，你就輕鬆了。」

兩歲小老鼠由虎妞背著，其他孩子「都跟著我，讀書寫字、打拳練功夫。」

這安排聽起來很不錯，石興言想到一件事：筆墨紙硯沒那麼多，桌椅也不夠用。

天下沒有事情難得倒鬼點子！屋後花園空地，桂典志讓大家坐下，先搖頭晃腦念上一段〈弟子規〉，反覆幾次後，阿皮家的猴崽子開始屁股癢，坐不住了。

「好，舉起手來。」桂典志改教寫字。「一」畫長長，他怕孩子們沒看清楚，手在空中，從日出東方畫到日落西方，孩子們學他書空，也從左到右長長一畫，阿皮家的小蛇崽畫到身體歪躺地上。

學完「一」到「十」的筆順，桂典志要大家拿樹枝當筆，在地上寫出這十個字。哇，不得了，只見一堆線條重疊交錯，像易經乾卦又像坤卦，哪裡有字？

擦掉重來，改成一次寫一個字，這好多了，只有阿宗家的羊妹會把「五七九」左右弄反。

桂典志又讓他們玩遊戲，地上寫了「一」到「十」，喊什麼就去站到那個字前頭。

孩子們跑來跑去，阿皮家的狗娃和阿宗家的雞咕咕撞在一塊，哇啦哇啦吵得雞飛狗跳，阿宗家的豬寶弟也哭了：「我都看不到……」

發覺小小孩容易被推撞踩碰，危險！桂典志趕緊換花樣。

照顧小乳牛的石興言在屋裡滿頭汗。奶娃兒本來安靜睡，忽然咿咿唔唔就睜開眼，手腳亂踢坐起來。看到石興言先是呵呵笑，石興言忙也跟著笑，怎麼娃兒嘴巴一扁、臉皮一皺就號哭。石興言慌了，欸欸，牛小弟，你別哭啊！

「某——」「某——」他學牛叫逗娃兒，小傢伙沒聽到，只哭，小臉通紅拳頭捏緊緊。

是想打人嗎？石興言伸手過去：「讓你打，打吧。」小傢伙哪裡會打人？會的只是哭。

還是肚子餓了嗎？石興言抱起小傢伙。咦，開襠褲射出一道水箭，他趕緊閃身。小乳牛尿完噓噓樂後，眼淚哭聲也停住，又咿咿唔唔說話。石興言很緊張，牛小弟會屎尿齊發，要屙屙嗎？急忙捧著牛娃兒出來找茅廁。

折騰過後小乳牛安靜了，吮著大拇指眼睛溜溜望。石興言捧著他散步，習慣性的默誦練功心法，走幾趟後竟忘了手中有個娃兒，盤腿端坐繼續練功。

天底下就有這種幸運事！小乳牛不哭不吵最後睡著了，沒干擾到石興言練功，老實人躲過岔氣走火的險禍。而氣行周天後，他手中的牛娃兒還能平安無事，那就當真是奇蹟啦。反正，小牛娃被石興言催眠跟著練了一趟功。

要說打拳練功夫，桂典志更有師父派頭。他要孩子們排隊蹲馬步，一板一眼喊：「切西瓜！」孩子們雙手畫大圓後，當中下切，成了！個個笑哈哈。

桂典志再喊：「打城牆。」孩子們雙手向前推出去，提腳跨步握雙拳，等桂典志一聲令下：「打！」同時用力出拳。阿旺哥的大女兒兔姐，步椿沒站穩，把自己也推出去，真的倒了。

小六子正走過來，看見這事情嚇一跳。大爺三兩招就教出這種身手和力道，再練下去，娃娃兵會變成大隊人馬嘍。嗯，一隊土人泥馬！桂典志拍掉兔姐臉上灰塵，這才看見每個娃兒都是灰頭土臉，卻眉眼嘴臉都在笑。他問小六子：「老石呢？」這裡要石興言幫忙才行。

捧著小牛娃，石興言幫著檢查孩子們的腿腳步伐。「霍哈」

「嘿呵」聲吵醒小傢伙，揮手踢腳鬧著要下地，腳丫站得挺直不抖不顛。石興言稍稍放開手，牛小弟腳就踏出去，一步、兩步，拍拍手，還學哥哥姐姐蹲腳彎腰，比兔姐還站得穩。

哇哇哇，孩子們圍住小牛娃，叫嚷笑鬧開心極了。場面亂糟糟，桂典志無可奈何，只好來調侃石興言：「我教一群天兵，不如你帶一個神將。」

無敵天罡

秋天了，樹上葉子變黃掉落，掃葉子成為石興言每日早晚的功課。掃完家裡院子，他還掃馬路，看到哪棵樹、哪座林子掉葉多，他也去掃。葉子掃成堆後，會有窮苦人拿回去當柴火燒。

石大娘告訴他：「掃地很好，練專心。」老實人真的就把掃地當作功夫來練習。掃把拿久了，指掌肘肩、腰腿身腳慢慢搭配順暢，他自創一套「掃地操」，天天練。習慣後，就算沒有落葉，他也拿掃把揮舞，掃灰塵垃圾、掃空氣。

悶聲掃地，腦袋淨空，石興言掃得全身熱，筋骨靈活心情快樂，完全不知道有人在看他。

看他掃地的人很多。白淨斯文的公子爺天天掃街，大家不免要看幾眼；頑皮的孩子還會學他揮掃把轉身；也有人看他掃地，是為了等拿樹葉回家送進灶。

有個人看得特別仔細，石興言的任何一個扭腰、轉身、跨步、抬肩、提肘都沒放過。起先，他站得遠遠看，幾次後，他站在路旁樹下近距離看。

掃把尾通常會帶起塵土沙粒或落葉，他的腳感覺不到這些東西打過來。石興言

揮出的掃把沒有離地，但一推就有五六尺遠，是手特別長或掃把特製的嗎？這個人看清楚，確定都不是。

被人貼近看，石興言沒理會，只管專心低頭掃。那人故意伸出腳踩住葉子，石興言掃把來到鞋子前，巧妙繞過去，掃別處。

「厲害」，那人默默點頭，避得開「恐龍爪」，掃地這傢伙反應夠靈活。他又來試探，雙手大大一揮帶

起一陣風，成堆的葉子「沙沙」「沙沙」飛散開。

察覺風吹來，石興言手中掃把左右掃動，攔住跑向身後的葉子，重新聚攏它們。

「咦！」那人輕輕哼一聲。「太一旋」的力道被輕易化解，讓他更確定這傢伙是真人不露相。

「掃地的是誰？」等石興言走了，

他問附近的小孩。

「石家少爺」，小孩天真回話：「也叫老實人。」

很不巧，這人的伎倆被桂典志看破。老石掃地又不礙著誰，這人幹嘛把樹葉弄散了，故意找碴。

「喂，你是誰？」桂典志叫住這個人：「為什麼欺負老實人？」鬼鬼祟祟跟前跟後盯著老石，明明沒安好心。

「你又是誰？」這個人口氣也很衝：「有沒有好心憑你也看不出來，管什麼閒事！」

好朋友的事哪是閒事？桂典志瞪起銅鈴眼。欺負人還這麼兇，不解釋也不道歉，「看我教訓你。」掄起拳頭就砸。他腳踩「蝸牛步」拳打「棉花掌」，都是沒用力的虛招，怕打傷外地客失了地主的禮。

這個人一身灰色裝，輕飄飄退後兩步，「花拳繡腿三腳貓，真丟臉。」刻薄的話說完又來挑釁：「有本事就跟我來。」

知道這是激將話，桂典志偏偏一口答應：「奉陪到底！」

灰衣客大笑，帶頭往鎮外草坡走。除了四散的落葉，草坡空蕩蕩，牛群都離開了。

站上草坡，灰衣客快速繞桂典志轉一圈。「你被圍住了，出得去就算你贏。」灰衣客說：「我若輸，跟你賠罪道歉，隨你開條件。」

「唬人！」桂典志冷笑。地上沒畫線，周圍沒繩子，「你拿什麼圍住我？」伸手抓向灰衣客，根本不上當。

雙臂大開掌心向前，灰衣客「哈哈」「哈哈」，笑出一波波真氣。

感到指尖麻麻，桂典志警覺的收手，真的被氣場圍住了嗎？抓起一把沙揮出，果然有看不見的障礙，前後左右都是。

沒關係。桂典志腳底用力踩，提氣蹬躍，至少跳高七尺。「哎喲！」頭頂被雷公敲一鎚，眼冒金星，他摔成「大」字。哇，頭頂也被氣場包住了。

飛天不成就鑽地嘛。桂典志刨挖草地，準備從土溝脫身。這更糟，十指越用力，反震的勁道越大。眼角瞄到樹葉，他腦子閃過一個念頭，接著就趴倒地上昏了，鬼點子再使不出什麼花招！

「哼，臭屁傢伙。」灰衣客搖頭聳肩，「以後別再動不動就教訓人。」

「阿志怎樣了？」照習慣來草坡掃地的石興言，聽到灰衣客的話很詫異，放下掃把來扶桂典志。

「喂，喂，你怎麼進去了！」灰衣客大驚失色，「我的無敵天罡還沒撤下，你怎麼能進去？」

「進哪裡去？」石興言莫名奇妙反問。

「欸欸」，灰衣客說不出話，雙掌揮動，悄悄發出第二波天罡氣勁。

睡著的阿志叫不醒，石興言把人背起來，一步，兩步，慢慢走下草坡。

目瞪口呆看石興言走遠了，灰衣客怎麼也不相信，有人能在無敵天罡陣穿梭來去？

「等一下。」灰衣客攔住老實人：「你用什麼功夫能夠進去又出來？」

「進去出來？你是說上草坡嗎？」走就是了，要什麼功夫？揹人也不必功夫，背得動就行了。石興言照實說：「這草坡大家都可以上來下去啊。」

「照你這說法，我的無敵天罡居然都不管用，成廢物了！」灰衣客又惱又疑。

石興言笑起來。「我不知道無敵天罡是做什麼用的，可是這地上天上的東西，不都爬呀走啊、飄飄飛飛？」他一邊說一邊指，螞蟻蚱蜢樹葉鳥兒，動的靜的都有，各做各的事，「沒有誰是廢物啊！」

「總不成，我練一輩子的功夫全是假的吧！」灰衣客不死心，手掌一帶，立刻咻咻嘶嘶，草動葉落、飛沙走石，天罡神掌明明威力十足，「為什麼對你起不了作用？」

「你想要我做什麼？」背個壯碩的桂典志，石興言無奈的說：「我沒本事跟你打架，也沒口才跟你理論，你應該另找高明。」

「哈哈哈，有道理，高明高明。」宏亮聲音把灰衣客和石興言同時嚇跳起來。

「老石說得好。」桂典志站直身體，告訴灰衣客：「『無敵』就是沒有敵人、不做敵人；『無敵天罡』只對敵人有用，對老實人是沒有意義的。」

「你也沒事？」灰衣客難以置信。

先前約定是出得去就贏，「你可沒說用什麼方法。」桂典志笑嘻嘻：「我贏了！」

鬼點子與死心眼 / 林加春著. -- 一版. -- 臺北市：要有光, 2012.11
面； 公分
BOD版
ISBN 978-986-88394-6-5（平裝）

859.6 101017396

國家圖書館出版品預行編目

童話Light 01 PG0835

鬼點子與死心眼

作者／林加春
繪圖／一念三千
責任編輯／林千惠
圖文排版／陳姿廷
封面設計／陳佩蓉
出版策劃／要有光
製作發行／秀威資訊科技股份有限公司
114 台北市內湖區瑞光路76巷65號1樓
電話：+886-2-2796-3638 傳真：+886-2-2796-1377
服務信箱：service@showwe.com.tw
http://www.showwe.com.tw

郵政劃撥／19563868 戶名：秀威資訊科技股份有限公司
展售門市／國家書店【松江門市】
104 台北市中山區松江路209號1樓
電話：+886-2-2518-0207 傳真：+886-2-2518-0778
網路訂購／秀威網路書店：http://www.bodbooks.com.tw
國家網路書店：http://www.govbooks.com.tw
法律顧問／毛國樑 律師

總經銷／易可數位行銷股份有限公司
地址：新北市新店區中正路542之3號4樓
電話：+886-2-8219-1500 傳真：+886-2-8219-3383
e-mail：book-info@ecorebooks.pixnet.net/blog
網址：http://ecorebooks.pixnet.net/blog
出版日期／2012年11月 BOD一版 **定價**／250元

讀者回函卡

感謝您購買本書，為提升服務品質，請填妥以下資料，將讀者回函卡直接寄回或傳真本公司，收到您的寶貴意見後，我們會收藏記錄及檢討，謝謝！

如您需要了解本公司最新出版書目、購書優惠或企劃活動，歡迎您上網查詢或下載相關資料：http:// www.showwe.com.tw

您購買的書名：____________________

出生日期：________年________月________日

學歷：□高中（含）以下　□大專　□研究所（含）以上

職業：□製造業　□金融業　□資訊業　□軍警　□傳播業　□自由業

□服務業　□公務員　□教職　□學生　□家管　□其它_____

購書地點：□網路書店　□實體書店　□書展　□郵購　□贈閱　□其他

您從何得知本書的消息？

□網路書店　□實體書店　□網路搜尋　□電子報　□書訊　□雜誌

□傳播媒體　□親友推薦　□網站推薦　□部落格　□其他__________

您對本書的評價：（請填代號　1.非常滿意　2.滿意　3.尚可　4.再改進）

封面設計____　版面編排____　內容____　文／譯筆____　價格____

讀完書後您覺得：

□很有收穫　□有收穫　□收穫不多　□沒收穫

對我們的建議：____________________

____

____

____

請貼
郵票

11466
台北市內湖區瑞光路 76 巷 65 號 1 樓
秀威資訊科技股份有限公司 收
BOD 數位出版事業部

（請沿線對折寄回，謝謝！）

姓　　名：＿＿＿＿＿＿＿＿　年齡：＿＿＿＿　性別：□女　□男

郵遞區號：□□□□□

地　　址：＿＿＿＿＿＿＿＿＿＿＿＿＿＿＿＿

聯絡電話：(日)＿＿＿＿＿＿＿＿＿(夜)＿＿＿＿＿＿＿＿＿

E-mail：＿＿＿＿＿＿＿＿＿＿＿＿＿＿＿＿